소중한
당신의 인생을 위해,

Carpe Diem

2020. P.

어느 날,

마음이 불행하다고 말했다

어느 날,
마음이 불행하다고 말했다

손미나 에세이

위즈덤하우스

프롤로그

이제,
열심히 살지 않기로 했다

대학 시절 내 별명 중 하나는 '계획녀'였다. 모든 일을 계획
하고 실행에 옮기는 습관 때문이었다. 당시 나의 '계획벽'은
집착에 가까운 수준이었다. 인생 목표는 물론이고 대학 생
활 중 이루고 싶은 것들, 주간·월별·학기별·연간 계획을
촘촘하게 짜두곤 했다. 저녁에는 다음 날 할 일의 목록부터
입을 옷까지 모두 정하고 나서야 잠자리에 들었다. 사회생
활을 시작한 이후에도 이 습관은 계속됐다. 일을 시작하기
전엔 반드시 밑그림을 그리듯 계획을 수립하고, 그렇게 못

할 경우 일의 효율이 떨어질까 조바심을 냈다.

대외적으로 알려진 내 이미지를 떠올리며 의외라고 생각하는 이도 많을 것이다. '불가능해 보이는 일에 과감히 도전하는 사람', '자유롭게 세계를 누비는 여행가'라는 꼬리표를 달고 사니까. 많은 사람이 나를 자유의 상징이라도 되는 것처럼 얘기한다. 하지만 가까운 친구들은 알고 있다. 내가 잠시도 시간을 허투루 쓰는 법이 없다는 것을, 스스로에게 얼마나 엄격한 사람인지를. '자유로운 영혼'인 것처럼 보이지만 실상은 치밀한 계획과 철저한 자기 관리로 단련된 사람이라는 것을.

남다른 성실함, 인내심, 최선을 다하는 태도를 갖추고 소위 '모범생'으로 살아온 것을 나는 내심 다행스럽게 여겨왔다. 내가 이룬 일들은 대개 실력보다 꾸준한 노력의 결과라는 것을 누구보다 잘 알기 때문이다. 그런데 몇 해 전, 이런 나의 성향이 타고난 것이기보다 환경의 영향을 받은 것이고, 커리어적 성과를 이루는 데 도움 되었을지는 몰라도 '행복하고 평온한 마음'으로 사는 데는 상당히 부정적인 영향을 끼쳤다는 것을 알았다. 지칠 대로 지친 내 마음이 어느 날 '불행하다'고 고백해온 것이다.

나와 내 삶을 사랑하고 소중히 여기는 만큼 열심히 사는 것이 정도라고 믿었지만, 알고 보니 그것은 스스로를 괴롭히고 상처 주는 일이었다. 이 모든 사실을 깨닫는 과정은 너무나 아팠다. 악착을 떨며 노력하는 나도 나이고, 때때로 나태해지고 싶은 나도 나라는 사실을 인정하고 받아들이는 일은 상상외로 어려웠다. 그러나 서서히 조금씩 나 자신을 느슨하게 놓아주는 연습을 하자 실로 엄청난 변화가 일어났다. 있는 그대로의 나를 사랑하는 것이 어떤 건지 마침내 알게 되었고, 세상 모든 것으로부터 진정으로 자유로워질 수 있었다. 전에는 한 번도 느껴보지 못한 충만한 기쁨을 맛보았다. 알을 깨고 다시 태어나는 것처럼 고통스럽고도 경이로운 경험이었다. 그 긴 터널의 끝이 보이기 시작했을 때, 대한민국에서 살아가는 수많은 이가 나와 비슷한 문제를 안고 있을 거란 확신이 들었다. 그리고 어쩌면 나의 이 사적인 이야기가 누군가에게는 힘이 될 것이라는 믿음으로 수개월간 밤낮으로 책상 앞에 앉아 이 책을 썼다.

살다 보면 종종 우리 앞에 일종의 '신호'가 나타날 때가 있다. '천천히 가', '방향을 틀어', '더 이상 뒤돌아보지 말고 앞을 향해 걸어'. 신호를 알아채고 탄력적으로 삶을 재설정할 수 있다면 좋으련만, 대부분은 아예 알아채지 못하거나, 무시하거나, 알아도 어쩔 도리가 없어 변화를 도모하지 못하고 지나친다. 나 역시 그랬다. 그런 일들이 쌓이고 쌓인 끝에 결국 못 본 채 넘어가기엔 너무나 큰 사건이 인생을 강타했고, 꽤 힘겹게 그 수렁에서 빠져나와야 했다.

문득 삶에 지친다는 느낌이 든 적 있다면, 열심히 살고 있는데 행복하지 않다면, 지금 가고 있는 길이 맞는지 확신이 없다면, 이유를 알 수 없는 우울감이나 무력감에 난데없이 눈물이 흘러내릴 때가 있다면, 이 책은 당신을 위한 책일 수 있다.

우리는 모두 행복한 삶을 원한다. 인간의 삶이 아름다운 순간들로만 채워질 수는 없겠지만, 자신의 진짜 모습을 이해하고 몸과 마음, 정신의 균형을 이룰 때 한층 평온해질 수 있다. 고요한 영혼의 상태는 바로 나 자신과의 관계에 정성을 쏟는 일에서 시작되기 때문이다. 세상을 돌고 돈 끝에 깨달은 이 중요한 진리가 독자들의 마음에도 전해져, 불안감 대신 안정감을 느끼며 자기 자신을 사랑하고 현재의 순간들을 즐기는 데 도움 된다면 더할 나위 없이 기쁠 것 같다.

나는 여전히 계획을 세우지만, 내 계획표의 모습은 완전히 달라졌다. 여백이 많은 헐렁한 계획표를 끄적이는 이유도 예전처럼 반드시 지켜내기 위해서가 아니다. 온갖 한계를 부수는 재미난 상상력을 발휘하며 놀 수 있는 그 시간을 즐기는 것뿐이다. 빈틈없는 완벽을 추구하는 강박에서 벗어나니 미래를 위해 현재를 희생하는 패턴에서 비로소 해방됐고, 눈앞에 놓인 시간에 집중하게 되자 놀라울 정도로 삶의 질이 높아졌다. 열심히 살지 않기로 작정하니 행복이 커졌고 마음이 춤을 추기 시작했다. 이 책을 집어 든 당신의 마음에도 진정한 평화가 찾아오기를, 나의 마음처럼 당신의 마음도 '나 정말 행복해'라고 고백하는 날이 오기를 진심으로 바란다.

차례

1부

어느 날,
마음이 불행하다고 말했다

짜릿함을
잊은 어른

"운 도스 뜨레스, 씽코 쎄이스 씨에떼! 그렇지, 미나! 바로 그거야. 아냐, 아냐 그만! 보폭이 너무 넓어. 다시 처음부터!"
베로니카는 신나게 박자를 세다 말고 내 어깨를 붙잡아 세웠다. 분명 웃고 있는데, 키도 나보다 작고 나이도 한참 어린데 그녀 앞에만 서면 이상하게 긴장이 된다. 변명 같겠지만, 베로니카 앞에서 주눅들지 않을 사람이 얼마나 있을까. 남자 친구 앞에서 나긋나긋해지는 때를 제외하곤 범접하기 힘든 카리스마를 뿜어내는 그녀. 이 '센 언니'가 나타나면 누구도 기를 못 편다. 무슨 조화인지 사람들은 그런 그녀를 싫어하기는커녕 어떻게든 잘 보이려고 안달이었다. 나 역시 그랬다. 깍쟁이지만 매력이 철철 넘치는 그녀는 '완벽한 살사란 이런 거야'를 보여주는 듯한 춤 실력 덕에 살사를 배우는 수많은 이의 워너비다.

베로니카의 살사 학교에 가게 된 사연은 길고 복잡했다. 쿠바행을 결심하기 얼마 전, 내 인생에 지각변동을 일으킨 사건이 있었다. 최선을 다해온 삶 뒤에 외롭게 남겨져 있던 내 영혼의 실체를 마주하고 절망했던 그날. 그 이후로 송두리째 흔들려버린 많은 것들. 가치관, 알고 있다고 믿었던 것, 인생의 방향, 수많은 계획. 그것들을 걷어내고 내면의 상처를 아프게 마주하던 중, 존재조차 잊고 살던 버킷리스트를 꺼내보게 되었다. 하고 싶은 일 목록 1순위로 올라 있던 것은 다름 아닌 살사 춤 배우기. 그랬다. 나는 너무나 오랫동안 내 안의 열정을 억누르고 살았다. 언제 마지막으로 몸을 흔들어봤는지 기억조차 없었다. 나는 대학 때 별명이 '댄싱퀸'이었을 정도로 원래 춤을 아주 좋아했다. 재즈댄스부터 발레, 탭댄스, 플라멩코, 세비야나, 탱고, 심지어 훌라춤과 아프리카 토속춤까지 안 배워본 춤이 없을 정도로 음악에 맞춰 몸을 움직이는 것을 좋아한다. 그런데 어쩌다가 그렇게 춤을 까맣게 잊고 살았을까.

남들에게는 현재의 기쁨을 희생하며 살아서는 안 된다고, 미래 어딘가에 행복이 기다리고 있는 게 아니라고 강조해왔건만. 극단으로 치닫지 않고 자신을 돌아보는 법을 설파하는 인생학교를 운영하면서 정작 나는 숨 한 번 돌릴 틈 없이 달려왔다. 타인의 고민을 해결해주느라 내 삶은 뒷전이었다니, 아이러니하기 짝이 없다. 도대체 언제부터 즐거운 놀이나 취미 따위는 사치라 생각하며 살아온 걸까.

그날부터 틈만 나면 '살사춤'을 키워드로 인터넷을 뒤졌다. 자연스레 살사의 성지인 쿠바를 배경으로 한 영상들을 발견했고, 이내 쿠바인들의 환상적인 춤사위에 매료되었다. 그러던 어느 날 한 흑인 여성 댄서가 눈에 들어왔다. 머리끝부터 발끝까지 요염함으로 무장한 그녀는 아바나의 거리, 말레콘 방파제, 올드카 행렬 사이 등 장소를 가리지 않고 환상적인 춤을 추었다. 나비의 날갯짓을 연상시키는 두 팔, 꼿

꼿한 허리, 여자의 심장도 내려앉게 만드는 섹시한 엉덩이의 움직임. 베로니카였다. 나는 한눈에 그녀에게 반했다.

저런 사람한테 춤을 배워볼 수만 있다면! 쿠바가 제주도 가듯 갈 수 있는 곳은 아니지만 용기를 내보기로 했다. 본격적으로 내 마음을 돌보기로 결심한 이상, 그동안 팽개쳐둔 내 안의 열정을 누구보다 내가 적극 지지해주고 싶었다. 마음만 먹으면 웬만한 정보는 다 얻을 수 있는 시대니 지구 반대편 쿠바 아바나에서 바람처럼 살고 있는 아가씨를 찾아내는 일도 그리 어렵지 않았다. 외모만큼이나 화끈한 성격의 그녀는 이메일을 받자마자 총알같이 답신을 보냈다.

미나,

살사 춤을 배우고 싶다니 환영이에요.

쿠바엔 정확히 언제 도착이에요?

재미있는 수업이 될 수 있도록 잘 준비해둘게요.

아바나는 정말 멋진 곳이죠.

당신은 분명 사랑에 빠질 거예요.

우리의 만남을 학수고대하며.

그로부터 얼마 뒤 나는 정말 쿠바로 떠났다. 내 안에 끓고 있던 춤에 대한 열정을 아낌없이 분출하겠다는 일념으로. 대단한 목표 따위는 없었다. 그냥 몹시도 춤을 추고 싶었고, 오래 염원한 대로 카리브해의 바람을 맞으며 살사를 춰봐야겠다고 단순하게 생각했을 뿐이다. 어쩌면 누군가는 '참 철없네', '정신 차리세요' 하고 혀를 찰 만한 일일지도 모르겠다. 혹여 그런 말을 듣는다 해도 이렇게 변호하고 싶었다. 인생에서 어쩌다 한 번 본능에 따라 일탈을 감행하는 게 지탄받을 일은 아니라고, 열심히 살아온 나 자신에게 이 정도 선물은 해도 된다고. 남이 뭐라든 저질러보고 싶은 일이 누구에게나 있고, 그걸 생각에만 가두느냐, 실행에 옮기느냐는 각자의 자유라고. 한 번 사는 인생, 이왕이면 후자를 택하며 살고 싶다고.

무언가에 이끌리듯 일사천리로 추진한 여행이었다. 생각해보면 이보다 무모한 도전을 해본 기억이 까마득했다. 서른 중반까지만 해도 엉뚱하고 위험천만한 일에 과감히 뛰어들곤 했는데, 언제부터인가 안전하고 검증된 일이 아니면 망설여졌다. 나이를 먹어감에 따라 세상이 그리 만만치 않다는 것을 알게 되었고, 흔히 무모함이라 부르는 것들이야말로 우리의 영혼을 살찌우는 일임을 서서히 망각해온 것이다. '어른'이 되면서 두려움이 많아졌다는 반증일 테다. 혹여 다칠까, 실패할까, 예상치 못한 일에 부딪힐까, 손해 볼까, 후회할까, 시간 낭비 아닐까, 욕먹을 일 아닐까, 체면 상하지 않을까 두려워 몸을 사렸던 거다. 그러나 이번만큼은 무모해 보이는 일에 아낌없이 에너지를 써야 할 때라는 확신이 왔다. 내 영혼에 생명력을 불어넣기 위해 용기를 내야 하는 타이밍임을 직감한 것이다.

아바나에 도착하자마자 나는 이 선택이 매우 옳았음을 확신할 수 있었다. 쿠바의 현실은 화려한 올드카로 대변되는 사진 속 이미지와 너무 달라서 하루에도 몇 번씩 뒤통수를 후려 맞는 기분이었지만, 거짓말처럼 기분이 좋아졌다. 우선 형편없는 침대에서도 어찌나 꿀잠을 자고 가뿐하게 일어나는지 신기할 정도였다. 비행기에 올라탄다고 그 전의 문제들이 사라질 리 없는데도, 일상의 터전과 물리적으로 단절되면 놀라울 정도로 머리가 가벼워지기도 한다. 더구나 쿠바에서는 인터넷 연결이 거의 불가능해서 '강제 디지털 디톡스'까지 되니, 머리를 비우고 싶은 사람에게는 금상첨화다.

설탕이 잔뜩 들어간 쿠바식 모닝커피는 들뜬 마음을 한껏 더 고양시켰다. 높은 파도를 토해내는 바다와 소박한 스카이라인에 쏟아지는 아침 해를 보며 달고도 쓴 커피를 목으로 넘길 때의 해방감은 상상 이상으로 짜릿했다. 살사 수업을 위해 시내를 가로질러 걸을 때도 설레는 순간 중 하나였다. 빈곤과 무질서가 곳곳에 배어 있는 도시이지만, 아바나에서만 느낄 수 있는 특유의 자유로움이 있다.

무엇보다 매일 아침 스튜디오에 도착하면 세상 멋있는 나의 선생님, 베로니카가 있다. 그녀와 춤추는 시간은 내가 이먼 곳까지 온 이유이자 목적이었기에, 음악이 시작되면 내 심장도 함께 뛰었다. 열정적인 수업이 끝날 즈음엔 온몸에 비 오듯 땀이 흐르고 카타르시스가 절정에 달했다. 온갖 갈증과 답답함을 날려버리며 리듬을 타는 사이 나는 전에 맛보지 못한 황홀경에 빠져들곤 했다. 이토록 본능적 열망에만 충실한 시간을 보낸 것이 언제였던가! 뜨거움으로 가득

했던 하루를 마무리할 때면 자못 낭만적인 아바나의 밤이 찾아왔다. 네온사인 하나 없지만, 매혹적인 석양과 말레콘의 파도 소리로 가득 차오르는 꿈결 같은 밤.

쿠바를 찾는 사람들은 대개 여행 동기가 비슷하다. 부에나 비스타 소셜 클럽의 음악이나 영화에 매료되었거나, 『체게바라의 모터사이클 다이어리』를 보고 감동받았거나, 헤밍웨이의 삶과 작품에 영향받았거나, 살사 춤에 빠져 카리브해의 나라들을 동경해왔거나. 올드카를 타고 시가를 피우고 모히토와 럼주, 춤과 음악에 취해 밤을 지새우기 위해 열악한 환경을 감내해가며 아바나로 몰려든다. 나 역시 비슷한 이유로 '언젠가 꼭 쿠바에 가리라' 결심하곤 했다. 하지만 나를 이곳으로 이끈 결정적인 계기는 따로 있었다. 전혀 기대하지 않았던 순간 내 마음에 폭풍이 몰아친 그날. 단언컨대 그것은 내 삶에서 매우 중요한 사건으로 기억될 것이다.

나는

행복하지 않다

부정적인 감정이 끓어오르리라고는 상상도 못 하는 순간들이 있다. 심지어 그런 감정을 느끼는 것이 매우 부적절하다고까지 생각되는 때. 그날도 그랬다. 천길만길 어두운 공간 속으로 내리꽂히다 공포와 메스꺼움으로 가득한 수렁에 빠져버린 기분. 누군가 내 두 발목을 잡고 있는 힘껏 끌어내리는 것만 같은 느낌.

나는 태국의 한 아름다운 리조트에 있었다. 교통사고를 계기로 일을 줄이고 인생을 즐기기로 마음먹고서 모처럼 여행을 떠났더랬다. 기막힌 전망의 빌라에서 맞는 평화로운 아침, 침대맡까지 드리운 은은한 햇살이 하루의 시작을 알렸다. 따뜻한 차를 한 잔 우려 잠옷 바람으로 발코니에 나가 앉았다. 야자수로 장식된 해변의 풍경이 한눈에 들어왔다. 새들이 귀가 따갑도록 지저귀고 다람쥐들은 나뭇가지 사이를 분주히 돌아다녔다. 먼발치 수평선의 오묘한 빛깔에 시선을 고정시켰다.

넘치는 행복감을 만끽할 줄 알았던 그 순간, 털끝만큼도 기대하지 않았던 일이 벌어졌다. 죽음의 문턱에 다녀온 사람들이 간혹 유체이탈을 경험했다는 증언을 하지 않던가. 바로 그렇게 마치 남의 방 안을 들여다보듯, 제삼자의 눈으로 내 무의식의 세계를 목격한 것이다. 적막함으로 가득한 그곳에는 한 문장이 새겨져 있었다.

나는 행복하지 않다.

그 문장의 뜻을 인식하는 찰나, 나락으로 곤두박질치는 기분이 들었다. 거의 반사적으로 자세를 고쳐 앉았다. 심호흡도 해보고 차도 마시고 눈앞의 풍경에 집중하려 애써보았다. 하지만 그럴수록 그 문장은 점점 또렷하게 커지며 내게로 다가왔다. 정말이지 이상한 일이었다. 몹시도 당황스러웠다. 단 한 번도 느껴보지 못한 깊고도 심한 우울감이 나를 휘감았다.

불행하다고? 왜지? 당장 굶어죽을 걱정 없이 몇 년쯤은 버틸 수 있고, 건강에도 문제가 없고, 아직은 젊고, 날 좋아해주는 친구도 많고, 데이트하자고 조르는 남자들도 있고, 가족도 건강하고, 무엇보다 지난 몇 년간 숨통을 틀어막던 사업을 정리해 전에 없던 자유도 생겼는데, 행복해야 마땅한 거 아냐?

더구나 그곳은 파라다이스와 같은 열대 섬이었다. 열심히 살아온 나에 대한 보상으로 호화 리조트의 스위트 빌라를 전세 내고 여왕이라도 된 양 앉아 있는데 도대체 왜 이런 감정이 엄습하는 걸까. 누군가 '제대로 미친 거 아냐? 배가 부를 대로 불렀군'이라며 욕을 퍼부어도 이상할 게 없었다. 그런 곳에서 하루 잘 쉬면 활력이 넘쳐나게 될 거라고 자신했는데 오히려 내 기분은 엉망진창이 되어 있었다.

갑자기 모든 게 혼란스러웠다. 근사한 휴가를 기대했는데 이해할 수도 인정할 수도 없는 감정들을 끌어안고 있자니 견딜 수 없이 힘들었다. 그 정도로 짙은 우울감을 경험한 것도 처음이었거니와, 그 어두운 감정을 마주한 이후로 나를 지배하기 시작한 무기력감은 더 받아들이기가 힘들었다. 식욕도 없었고, 운동도 하기 싫었고, 그 좋아하는 바다가 코앞에 있는데 해변까지 걸어가는 일도 귀찮게 느껴졌다. 평소의 나답지 않게 아무것도 하고 싶지가 않았다. 나 자신이 낯설어 견딜 수가 없었다.

문득, 전날 숙소에 도착해 참가했던 명상 시간이 떠올랐다. 정확히는 그 시간을 이끌었던 인도인 구루의 얼굴이 머리를 스쳤다. 그를 다시 만나야겠다는 생각이 들었다. 이름도, 어떤 배경을 가진 사람인지도 전혀 몰랐지만, 왠지 그와 얘기를 나눠봐야 할 것 같은 확신이 들었다. 지금에 와서 돌아보면 이 강렬한 느낌은 '육감'이었다고밖에 설명이 안 된다.

구루를

만나다

호텔 측에 문의해 구루와 개인 면담 시간을 잡았다. 그의 이름은 루드라라고 했다.

"이렇게 시간을 내주셔서 감사해요. 약속이 쉽지 않은 분이라 들었는데 제가 우겼어요. 왠지 꼭 선생님을 뵈야 할 것 같았거든요."
인도인들 대부분이 그렇듯 나이를 가늠할 수 없는 외모를 지닌 그는 오랜 시간 수행한 이들 특유의 온화한 인상이 더

해져 마치 다른 별에서 온 사람 같았다.

"괜찮습니다. 실은 얘기를 듣는 순간 명상 시간에 봤던 모습이 떠올랐어요. 왠지 누군지 딱 알겠더라고요. 저를 만나고 싶어 한다기에 반가웠습니다. 본인에 대해 조금 얘기해주실 수 있나요?"

"어머, 정말요? 신기하네요. 아, 저에 대해서라면⋯⋯."

바닥에 내려놓은 에코백에서 작은 노트 하나를 주섬주섬 꺼내 들었다. 상담에 대비해 이것저것 메모해 가져간 것이 있었다.

"제가 여기 온 이유는⋯⋯ 원래 이런 상담을 받을 거라고는 상상도 못 했고요, 음⋯⋯ 어떻게 설명해야 할지⋯⋯. 사실 제 현재 인생에는 큰 문제가 없거든요. 아니, 정확히 말하면, 지난 몇 년간 힘들었는데 얼마 전 제가 그 문제의 싹을 다 잘라냈기 때문에⋯⋯."

"어떤 싹을 잘랐다는 말씀이시죠?"

"회사를 운영하고 있었는데, 책임도 너무 무겁고 육체적으로도 힘들어서 과감하게 정리해버렸거든요. 이젠 짐을 덜었으니 편해질 줄 알았는데, 이 좋은 곳에 와서 이상하게도 너무 불행하다는 생각이 드는 거예요. 물론 전에도 가끔 우울하거나 외로울 때야 있었지만 이번엔 뭔가 다르더라고요. 난생처음 느껴보는 감정이라 무섭기도 하고, 가장 홀가분해야 할 시점에 왜 이렇게 깊은 우울감을 느끼는지 몰라 당황스러워요. 멘탈이 강한 편이라 힘들어도 혼자 이겨내곤 하는데 이번엔 누군가의 도움이 필요하다는 직감이 들었어요. 그래서 선생님을 꼭 뵐 수 있게 해달라고 부탁했습니다. 오늘 상담을 위해 제 삶에 대해 간략하게 정리해봤는데 이걸 읽어드려도 될까요?"

"물론이죠. 듣고 싶습니다."

부처가 연상되는 인자한 얼굴, 부드러운 목소리. 까무잡잡한 피부와 대조되어 더욱 희게 빛나는 두 눈으로 그는 나를 바라보았다. 그 시선이 얼마나 따뜻한지 마치 내 등을 안아주며 '어떤 것이든 말해도 좋아'라고 토닥이는 것만 같았다.

"네, 그럼…… 그러니까 저는……."

나는 무릎 위에 노트를 펼쳤다. 갑작스러운 면담 신청으로 주어진 시간은 단 한 시간. 어떻게 해서든 나를 엄습한 불행감의 정체를 알아내고 싶었고, 그러려면 가능한 한 효과적으로 나에 대해 설명해야 한다. 내가 누구인지, 어떻게 살아왔는지, 부모님의 성향부터 어린 시절, 대학 전공과 유학 생활, 첫 직업을 갖게 된 이후 지금까지의 중요한 사건들을 짚어나가고 스스로 분석할 때의 문제점은 무엇인지까지 최대한 상세하고 솔직하게 전달해야 한다.

루드라는 귀를 쫑긋 세운 채 미동도 않고 집중했다. 창밖으로 푸른 바다가 보이는 조용한 상담실. 온 마음으로 얘기를 들어주는 현자를 앞에 두고, 나는 비교적 담담하게 내 인생을 돌아보기 시작했다.

더 잘해, 더 노력해…
더 불행해

꽤 차분하게 그간 살아온 이야기를 하고 있었는데, 일순간
와르르 무너져버렸다. 이 역시 전혀 예측하지 못한 전개였
다. 나는 대략 이런 요지의 말을 하고 있었다.

화려해 보이는 직업을 가졌지만 특별할 것 없는 환경에서
자라 성실하게 살았다, 눈앞에 놓인 일에 최선을 다하려 안
간힘을 쓰다 보니 자연스레 지금의 자리에 와 있다, 현실적
문제들은 있지만 대체로 내 삶에 만족한다, 일도 다 정리했
는데 왜 이제 와서 괴로운 건지 모르겠다…….

불행감을 느끼는 게 억울하고 이해되지 않는다는 하소연에 가까운 고백이었다. 정말 이상한 것은 힘든 경험을 털어놓을 때가 아니라 일종의 성공담을 나열하는 중에 울컥했다는 것이다. 당황해서 루드라의 표정부터 살폈는데 그와 눈이 마주치자 아예 폭포 같은 눈물이 솟아 나왔다.

"너무 죄송해요. 왜 이러는지 모르겠네요."

흘러나오는 눈물을 주체하지 못한 나는 결국 사과했다. 이 모든 상황이 너무 창피했다. 누구에게도 보여서는 안 될 일 그러진 민낯을 들킨 것만 같았다. 누군지도 잘 모르는 사람과 단둘이 마주 앉아 있는데 속 깊은 감정들이 폭발해 나오다니. 내 안에서 무슨 일이 벌어지고 있는 건지, 이럴 때는 어떻게 해야 하는 건지 전혀 알 수가 없었다.

바보같이 찔찔 짜며 자책하는데 그의 인자한 목소리가 들렸다.

"걱정 마요, 계속 울어도 돼요. 우는 건 아주 자연스러운 일이에요. 미안해할 필요 없어요. 그리고 더 말하지 않아도 괜찮아요. 이제 내가 얘기할 차례인 것 같아요."

그의 말 한마디에 신기하리만치 마음이 편안해졌다. 고개를 들어보니 그는 여전히 온화한 미소를 머금은 얼굴로 나를 쳐다보고 있었다. 수행을 많이 한 사람들은 희한하게도 느낌이 묘하게 닮아 있다. 이목구비는 달라도, 피부색이나 종교적 배경은 달라도, 하나같이 좀처럼 깨지지 않을 것 같은 평화로움이 얼굴에 녹아 있다. 그도 예외는 아니었다. 평생 화내본 적 없을 것 같은 눈빛, 자애로움이 넘쳐흐르는 얼굴, 세속적인 문제들과는 거리가 먼 인생을 살았을 것 같은 사람.

그는 한숨을 고르고 다시 입을 열었다.

"자기 인생 얘기를 한다는 건 쉽지 않죠. 애쓰셨어요. 듣고 보니 아주 열심히 살아온 분 같아요. 미나 씨 마음에 들어선 괴로움의 원인도 알 것 같고요. 그래서 얘기해주고 싶은 게 있어요. 인간은 정말 간단치 않은 존재이지요. 따라서 인간을 해석하는 방법은 여러 가지가 있을 수 있는데, 그중 하나는 이런 거예요. '정신mind', '마음heart' 그리고 '몸body', 세 가지 요소로 구성된 존재로 보는 것. 그런데 현재의 당신이 알고 있는 '손미나'라는 사람은 정신에 치중되어 있을 가능성이 높아요."

나의 어리둥절한 표정을 본 그가 곧바로 말을 이어갔다.

"이해가 안 되죠? 당연해요. 걱정 말고 이제부터 내가 하는 말을 잘 들어보세요. 제가 방금 인간은 세 가지 요소의 조합이라고 했죠? 그 셋을 각각 설명해드릴게요. 우선 정신에 대해서 얘기해보죠. 정신은 자기계발, 책임 완수, 사회생활에서의 성공에 결정적인 역할을 해요. 성취에 관여하거든요. 그러니 정말 중요한 일을 하는 건데 단점이 있죠. 천성적으로 욕심이 많아요. 그렇다고 나쁜 놈이라는 건 아니고요. 다만 너무 힘이 세다는 거, 그리고 절대 만족을 모른다는 게 문제이지요."

"그럼 방금 제가 정신에 치중되어 있는 사람이라고 하신 건 무슨 뜻인가요?"

"미나 씨는 정신의 지배를 받는 삶을 살아온 것 같아요. 충분히 만족하고 여유를 가져도 될 만한데 늘 자신을 낮추고 뭔가 부족하다 생각하면서 쉬지 않고 달렸어요. 계속해서 스스로에게 '더 잘해', '더 열심히 해', '더 노력해'라고 정신이 강요해왔다는 거죠. 동양에서는 이런 게 미덕이죠. 그러나 자칫하면 자신에 대한 지나친 채찍질로 이어질 수 있어요. 정신은 한 번 강해지기 시작하면 통제가 어렵거든요. 그러다 이 녀석의 파워가 너무 커지면 완벽주의에 빠지게 되는 거죠."

"아……."

알 것도 같고 모를 것도 같은 그의 이야기는 계속되었다.

"다음은 마음 얘길 해보죠. 마음은 정신과 완전히 다른 성향을 지니고 있어요. 욕심이라곤 없고, 아주 사소한 일에 만족하거든요. 단순한 데다 조금만 신경 써줘도 기뻐하니 철없는 어린아이 같다고 보면 돼요. 맛있는 것, 재미있는 것 등 즉흥적인 즐거움이나 본능적인 욕구를 충족시켜줄 때 만족하는 걸 봐도 그렇고요. 마음이 원하는 건 대개의 경우 정신이 추구하는 성공, 성취, 바람직하고 모범적인 일 등과는 거리가 멀어요. 쉽게 만족하는 대신 상처도 잘 받기 때문에 정기적으로 관심을 표현하고 다정하게 대해주는 게 중요해요."

"마음과 정신이 그렇게까지 다른 줄은 몰랐어요. 흥미롭네요. 그럼 몸은요?"

"몸은 매우 충실한 조력자이자 투명한 친구예요. 어떻게 다루느냐에 따라 반응이 달라지거든요. 아끼고 존중하며 건강을 지킬 수 있는 조건을 만들어주면 좋은 컨디션으로 정신이나 마음이 원하는 것을 할 수 있도록 돕습니다. 하지만 함부로 대하면 어김없이 문제가 생기죠. 또 겉으로만 잘해주는 척하거나 의리를 저버리는 일은 참지 못해요."

정신, 마음, 몸. 누구에게나 그 세 가지가 있다는 건 알고 있었지만 각각을 그렇게 분석하는 것은 새롭게 다가왔다. '나는 누구인가'라는 질문을 많이 던지며 살아왔다고 믿었는데 그의 관점을 대입해 생각해보면 아무것도 모르고 있었던 것 같았다.

"자, 여기까지는 이해가 되셨지요?"

루드라의 커다란 눈이 반짝였다.

"네, 알 것 같아요. 그런데 아직 저의 문제가 구체적으로 무엇인지는 감이 잘 오지 않아요."

"이제부터 그 얘길 할 거예요. 지금까지 설명한 것들을 기억하면서 잘 들어보세요."

마음이 원하는 건 성공이나 성취.

바람직하고 모범적인 일과는 거리가 멀어요.

쉽게 만족하는 대신 상처도 잘 받기 때문에

정기적으로 관심을 표현하고 다정하게 대해줘야 해요.

아무도 내게
열심히 살라 강요하지 않았지만

잠시 말이 없던 그가 단호한 태도로 내 문제를 짚어나가기 시작했다.

"어릴 적부터 착한 딸, 모범생이었던 미나 씨는 아마 어른 스럽다는 얘기를 많이 듣고 살았을 거예요. 성실한 학생이 었고, 직장 생활도 열심히 했고요. 본인은 다들 하는 만큼 했을 뿐이라고 했지만 그 기준은 사람마다 다르죠. 꽤 치열 하게 살지 않았을까요? 그러지 않고서는 지금 이룬 것들이 불가능했겠죠. 제 상식으로 판단했을 때 이 정도 사회적 성공을 이루기까지 부모님도 매우 헌신적으로 뒷바라지하셨을 거고요. 한국 사회의 전반적인 분위기상 웬만큼 노력하지 않고는 열심히 하는 축에도 못 드니 본인이 얼마나 악착같이 살았는지조차 모를 수 있죠."

"하지만……."

거의 반사적으로 그의 말을 끊고 끼어들었다.

"아무도 저에게 열심히 살기를 강요한 사람이 없는걸요. 한국 사회의 경쟁이 심하긴 해도 그런 분위기 때문에 스트레스를 많이 받지 않았고, 저희 부모님은 단 한 번도 공부하라고 잔소리하신 적이 없어요. 진로나 직업을 정할 때도 제 의견을 적극 지지해주셨고요."

"그렇다면 제 얘기를 더 잘 들으셔야 해요. 미나 씨는 부모님이 강압적이지 않으셨는데도 자기 자신에게 박차를 가하며 살아온 거잖아요. 스스로 부모 역할을 한 거라고 볼 수 있죠. 지금까지 해온 일들을 바탕으로 유추해볼 때 책임감 강하고 환경에의 적응력도 뛰어난 데다 사회적 분위기, 가족 내에서의 역할 등 여러 요인이 더해져서 정신의 힘이 마구 커진 거죠. 어른스럽고, 성숙하고, 참고 인내하는 것에 박수를 보내주는 한국 사회에서 실수 없이, 부모님이나 주변 사람들을 실망시키거나 상처 주는 일 없이 살려다 보니 자기 절제를 너무 많이 했을 거예요. 자율성을 강조하는 가정에서 자라면서도 본인이 부모 역할을 하며 스스로를 통제해온 거죠.

그러다 보니 정신이 강해졌고, 그 결과로 이미 충분히 훌륭한데도 더 성실하게, 더 열심히, 더 많이 참으며 살라고 자신을 닦달하고, 그렇게 할수록 정신은 더 세져서 점점 더 자신을 몰아붙이는 악순환이 일어난 거죠. 미나 씨는 시종일관 '평범하게 살았다', '나보다 더 열심히 사는 사람도 많다'라고 강조하는데, 그 역시 정신이 그간의 노력을 인정하지 않고 만족하지 못해서 드는 생각일 거예요. 사회 문화적인 요인도 크게 작용했을 것 같고요. 제가 만나본 한국분들은 정도의 차이는 있어도 대개 비슷한 문제를 가지고 있었거든요."

강한 정신력을 꽤 쓸모 있는 능력이라고 믿었는데 정도가 지나쳤던 걸까.

어린 시절, 이모는 나를 '교장 선생님'이라고 불렀다. 언젠가 그런 별명을 붙인 이유를 물으니 들려준 일화가 있다.

친척들이 다 모인 날, 아이들이 수선을 떨고 말썽을 피우자 그중 가장 나이가 많던 내가 대표로 혼나게 되었다. 그래봤자 열 살도 채 안 된 꼬맹이였지만, 한국의 가정에서 흔히 일어날 법한 일이었다. 서너 살만 되어도 '너는 형이야', '언니야', '누나야'라며 조금이라도 더 성숙하게 행동할 것을 강요받으니. 그렇게 혼쭐이 난 내가 어디론가 조용히 걸어가더란다. 이모가 호기심에 따라가보니 빈 서재에 들어가 다리를 꼬고 앉아 휴지 한 장을 반듯하게 접어 눈물을 훔치더라고. 그러다 이모랑 눈이 마주치자 이렇게 말했다고 한다.

"어머니는 저를 이해 못 하세요."

이모 눈에 나는 '어린아이 같지 않은 어린아이'였던 거다. 그럼 나는 그때부터 이미 정신의 지배를 받으며 살고 있었다는 걸까.

이모가 해준 얘기와 함께 언젠가 앨범에서 스치듯 봤던 초등학교 시절 빛바랜 사진 한 장이 떠올랐다. 운동회 날, 하얀 트레이닝복을 맞춰 입고 달리기 경기에 참여하려고 기다리는 초등학생들. 아직은 시간이 남았는지 아이들은 저마다 딴짓을 하고 있다. 바닥에 낙서하는 아이, 엉덩이를 긁적이며 몸을 비비 꼬는 아이, 친구와 뒹굴고 있는 아이. 모두가 산만하기 짝이 없고, 심지어 선생님도 편한 자세로 누군가와 얘기를 나누고 있다. 그 와중에 부동자세로 서 있는 한 여학생. 말총머리를 하고 두 주먹을 쥔 채, 언제라도 총소리가 나면 달려나갈 만반의 태세를 하고 있는, 어린 손미나였다.

그랬다. 나를 들들 볶고 있었던 건 대한민국의 교육 시스템도, 우리 부모님도 아니고 나 자신이었다. 내 이런 생각을 읽은 듯한 그의 위로가 이어졌다.

"자책하지 않아도 돼요. 미나 씨 잘못이 아니에요. 정신의 속성이 그렇습니다. 아까도 말했듯 워낙 힘이 센 데다 조금만 여지를 주면 걷잡을 수 없이 강해져서 통제가 어려워요. 진짜 문제는 마음이 하고 싶은 일 따위는 어느 순간부터 중요하지 않다고 생각하게 된다는 거죠. 책임감과 완벽주의에 빠져들어 '성취'와 관계없는 일들은 시간 낭비로 느껴지거든요. 그러다 보면 일주일에 한 번씩 '너 잘 있지?'라며 들여다봐주기만 해도 충분한 마음을 챙기지 못하는 수가 있어요. 그럼 이번엔 미나 씨의 마음에 대해 얘기해볼까요."

우울감의 정체를 알기 위해 찾은 상담실에서의 시간은 뜻밖의 발견들로 채워지고 있었다. 나는 점점 더 그와의 대화에 빠져들었다.

토라진 마음,
시위하는 몸

"정신이 마음이 원하는 일을 가로막고 있다고 하셨는데, 어떤 게 있었는지 딱히 떠오르질 않아요."

내가 이렇게까지 내 마음을 모르고 있었던 걸까. 뭘 원하는지 묻는데 왜 이리 아무 반응이 없는 걸까.

"그건 사람마다 다르기 때문에 미나 씨의 마음을 내가 알긴 힘들어요. 다만 예를 들면 이런 거예요. 영화를 보거나 가구를 만들거나 등산을 하거나 다이빙을 하거나 요리를 하거나 낚시를 하는, 아까 말했듯 사회적 성취와는 관계없이 좋아하는 것들이요. 어떤 일을 할 때 신나고 가슴이 뛰는가에 따라 다를 텐데, 지금 미나 씨의 마음이 말하기를 거부하기 때문에 알 수가 없을 거예요. 저는 이런 상황이 하나도 이상할 게 없다고 생각돼요. 말할 기회를 주지 않고 오랜 시간 혼자 내버려둔 아이가 쉽게 입을 열지 않는 건 당연하니까요. 게다가 미나 씨의 마음은 그동안 받은 상처가 적지 않을 거예요."

"그건 왜죠?"

"아까 얘기해주신 걸 보면, 대중 앞에 서고, 틈이 나면 사회 공헌 활동을 해왔고, 인생학교를 운영하며 많은 사람의 고민을 듣고 위로하는 일을 해오셨는데, 그건 마음의 관점에서 보면 잔인한 일일 수 있거든요. 미나 씨의 마음은 미나 씨와 함께 시간을 보내고 미나 씨로부터 관심도 위로도 받고 싶은데, 평소엔 무시하다가 정작 다른 이들의 얘기를 듣고 돕는 일을 위해 '이리 잠깐 나와서 날 도와줘'라고 했던 것과 같단 말이죠.

커리어적으로 많은 일을 이루는 사이 사회적 성취와는 아무 상관 없이, 다른 이들을 돕는 것과는 별도로, 자기만의 즐거움을 위해 뭘 했나요? 마음이 원초적으로 원하는 것들에 얼마나 관심을 가져줬나요? 정신이 해야 한다고 명령하는 일이 아닌 마음이 하고 싶어 하는 일을 들어주고 따라준 적이 몇 번이나 있었냐는 얘기죠.

그렇게 해오지 못했다면 미나 씨의 마음엔 큰 상처가 있을 거라고 난 거의 확신해요. 하지만 걱정은 말아요. 마음은 아주 단순해서 조금만 관심을 가져주면 원래의 천진한 모습을 되찾고 서운했던 일도 다 잊을 거예요."

지극히 부드러운 어조로 말하고 있었지만 그의 얘기는 내게 상당한 충격으로 다가왔다.

내가 나에게 상처를 주고 살았다고?

꿈에도 생각지 못한 일이다. 혼란스러웠다.

"아직 머리가 복잡하겠지만 일단 몸에 관한 얘기로 넘어갈게요. 이런 요가 수련 센터를 휴가 목적지로 정한 것만 봐도 미나 씨는 자기 관리에 신경을 많이 쓰는 사람일 거라고 짐작돼요. 한눈에도 건강해 보이고요. 그래서 몸 관리 잘하고 있는데 뭐가 문제냐, 라고 생각할 수 있는데, 이렇게 예를 들어 설명해볼게요.

어떤 사람이 미나 씨에게 다가와 맛있는 것도 사주고, 좋은 것도 보여주고, 극진하게 대해주며 친절을 베풀었다고 칩시다. 그래서 그 사람을 믿고 친하게 지냈는데 그가 이렇게 말하는 거예요. '사실은 내 목적 달성을 위해 너를 이용해야 해서 그동안 잘해준 거야.' 어떤 기분이 들 것 같아요?"

조금의 망설임도 없이 답했다.

"큰 배신감을 느끼겠죠. 너무 화가 날 것 같은데요."

"그다음엔요? 친구 관계를 계속 이어갈 수 있을까요?"

"불가능할 것 같아요. 신뢰를 가질 수가 없잖아요."

"지금 미나 씨의 몸이 미나 씨를 향해 느끼고 있는 감정이 바로 그겁니다."

"그게 무슨 말씀인지……."

"미나 씨의 몸이 미나 씨의 정신에게 배신감을 느끼고 있을 거란 얘기예요. 좋은 음식 먹이고 운동시키고, 좋은 곳 여행하며 휴식도 시켜준 다음에 상태가 회복되면 기다렸다는 듯 자기가 원하는 일을 위해 혹사시키니까요. 몸이 아무리 피곤하다 항의해도, 마음이 원하는 걸 위해 에너지를 남겨두고 싶어도, 정신이 목표로 하는 일을 위해 완전히 바닥 날 때까지 치닫게 한 후에 재충전이라는 명목으로 몸을 달래고 컨디션이 나아지면 또 반복하기를 십수 년, 아니 수십 년. 충실한 조력자가 되어온 몸이 마침내 배신감을 느껴 다른 선택을 할 때가 된 거죠.

이럴 때 몸이 하는 선택은 둘 중 하나예요. 병을 얻거나, 무기력감에 빠져드는 것. 일종의 시위를 하는 거죠. 경고이기도 하고요. 더 이상 정신 멋대로 살지 못하게 만드는 거예요. 미나 씨가 건강에 이상 징후를 느꼈다거나 왠지 움직이기 싫고 아무 의욕이 느껴지지 않는다면, 미나 씨의 몸이 미나 씨에게 강한 배신감을 표현하고 있는 겁니다."

가슴에 비수가 꽂힌 기분이었다. 깊은 슬픔이 느껴졌고 벼랑 끝에 홀로 선 듯 외로워졌다. 내 몸이 나에게 배신감을 느끼고 내가 내 마음에 상처를 주며 살았다니. 도대체 무슨 말일까. 뭘 어떻게 해야 하는 걸까. 눈시울이 뜨거워지며 입술이 떨려왔다.

"제가 엊그제 느꼈던 그 이상한 감정의 정체가 바로 이거였나 보네요. 제 자신에게 이렇게 미안한 감정이 들다니……
전 이제 어쩌면 좋죠?"

"이 일이 한두 해 반복되어온 게 아니고, 사회 문화적 영향
도 컸을 거라서 간단치가 않아요. 저는 한국 사회가 어떤 문
제를 갖고 있는지, 얼마나 치열한 경쟁을 요구하는지 잘 알
고 있어요. 언론을 통해 본 것도 있지만 실제 상담을 했던
한국인들은 예외 없이 유사한 문제를 갖고 있었죠.

우리 인도 역시 동양의 문화권이라 참는 것을 미덕으로 삼
기에 인간의 자연스러운 감정과 욕구를 억누르게 하는 분
위기가 어떤 건지 잘 알아요. 그런 분위기에서 나고 자란 사
람은 학교를 다니고 사회생활을 하면서 영향을 받을 수밖
에 없어요. 열심히 살아온 만큼 몸과 마음은 혹사당해 약해
져 있을 거고, 정신의 힘은 무한대로 커져 있을 테니 특단의
조치가 필요할 겁니다."

"그게 뭐죠?"

"모든 일을 완전히 접는 겁니다. 정신에게 조금도 여지를
줘서는 안 돼요. 적어도 6개월 이상 일을 그만두고 마음이
원하는 대로 해주세요. 그게 뭔지는 스스로에게 물어봐야

하지만 명심할 게 있어요. 정신은 틈만 나면 마음의 자리를 뺏으려 할 테니 항상 그걸 경계해야 해요. 마음만을 따라 움직일 때 몸도 협조해줄 거고요.

회사를 정리했다고 하지만 정신이 미나 씨를 쉽게 내버려두지 않을 거예요. 자기도 모르는 사이 다른 일을 하고 있을 거고 똑같은 악순환이 다시 시작되는 거죠. 일을 할 수 없는 어딘가로 멀리 떠나는 것도 방법이에요. 그리고 사랑을 하세요. 두려워 말고, 그 대상이 남자든 취미 생활이든 자연이든, 무엇인가에 애정을 쏟아보세요. 그래야 마음이 다시 힘을 얻을 거예요."

자분자분 어린아이 타이르듯 건네면서도 강인함이 배어 있는 그의 조언들. 내 안의 세계가 송두리째 뒤흔들리고 있었다. 상담이 끝나자 그는 나를 따뜻하게 안아주었다.

갑작스레 던져진 이 커다란 숙제를 어떻게 풀어야 할까? 깊은 생각에 잠긴 채 해변을 향해 걷기 시작했다. 긴 잠에서 깨어난 듯 온몸에 힘이 없었다.

마음이 원하는 일,

━━━━━━━━━

자기만의 즐거움을 위해 당신은 뭘 했나요?

당신의 눈에서
완전한 이해를 봤어요

다음 날 아침. 아직 어스름한 세상, 잠에서 깬 후 꼼짝 않고
한참을 누워 있었다. 머릿속에는 여전히 전날 들었던 이야
기들이 맴돌았다. 오랜 시간 나에게 상처받은 또 다른 나를
달래려면 얼마만큼의 시간과 노력이 필요한 걸까. 자리에
서 일어나 전기 포트에 물을 끓였다.

나 혼자 있는데 어색한 느낌이 들었다. 한 몸처럼 붙어 다녀
소중함마저 잊고 지낸 절친한 친구가 나 때문에 힘들었다
는 걸 알게 된 것 같은, 어떻게 화해의 손길을 내밀어야 할

지 막막하고, 잘못하면 오히려 친구를 잃을까 봐 두렵기도
한 기분. 몸이 내게 협조하지 않을 거라고 했지만 억지로라
도 움직이면 나아지려나? 스멀스멀 피어오르는 갖은 생각
을 애써 누르고 요가복 차림으로 방을 나섰다.

자연 속에서 맞이하는 아침은 그야말로 신의 선물이다. 나
뭇잎 하나, 꽃송이 하나도 마치 어제는 없었다는 듯 새롭고
싱그럽다. 그런데 이마저도 평소와 같이 감동적으로 다가
오지 않았다. 이런 사실에 또 기운이 빠졌지만 억지로 터덜
터덜 걸음을 옮겨 요가 수련 장소에 다다랐다.
"좋은 아침이에요. 여러분 모두를 환영합니다."
짙은 갈색 머리의 여자 강사였다.
"오늘은 요가를 시작하기 전에 특별히 준비한 순서가 있어
요."
그녀는 자리에서 일어나더니 참가자들에게 엽서와 볼펜을
나누어줬다.
"우선 두 사람씩 짝을 지어주세요. 그냥 마음이 끌리는 사
람 혹은 옆에 있는 분 누구나 좋습니다. 다음은 더 쉬워요.

무릎이 닿을 정도로 가까이 마주 앉으시고, 10분 동안 아무 말 없이 서로의 눈을 바라보면 됩니다."

"그런데 이건 왜 하는 거죠?"

누군가 물었다.

강사는 그런 반응을 예상했다는 듯 미소를 지어 보이며 이렇게 답했다.

"해보시면 알아요. 자, 그럼 시작해주세요."

돌발 상황에 다들 멋쩍어하는 분위기였다. 주뼛거리며 주변을 둘러보다 나처럼 소극적으로 앉아 있던 중년 여성과 눈이 마주쳤다. 우리는 당연하다는 듯 동시에 자리를 이동해 마주 앉았다. 짧은 금발머리에 푸근한 인상, 선하고 커다란 두 눈, 요가복을 입고 있는데도 중후한 멋을 풍기는 분위기. 이름도 직업도 국적도 알 수 없는 낯선 그녀와 눈을 마주치고 있어야 한다니, 어색해서 어쩔 줄을 몰랐다.

하지만 그런 것 따위는 문제가 아니라는 걸 알게 되게까지 그리 오랜 시간이 걸리지 않았다. 1분도 채 되지 않아 눈물이 터져 나온 것이다. 도무지 이해할 수가 없었다. 나 자신도 이유를 알 수 없는 뜨거운 눈물이 하염없이 볼을 타고 흘러내렸다. 상담실에서 울보가 되었을 때의 충격이 채 가시지 않았는데 하루 만에 또 이러다니. 도대체 왜 이틀 내리 고장 난 수도꼭지가 돼버린 걸까. 내 안에 나도 모르는 무엇이 쌓여 있는 걸까.

놀랍게도 요가 강사가 주문한 10분은 눈 깜짝할 사이 지나 갔다. 각자 느낀 점을 엽서에 적어 교환하라는 안내가 있었다. 나는 눈물, 콧물을 훔쳐가며 이런 신기한 체험의 상대가 된 그녀, 안젤리카에게 엽서를 썼다.

> 이상하게 들릴 수 있겠지만, 당신의 눈에서 '완전한 이해'를 봤어요. 그것이 너무 따뜻했고요. 비로소…… 마침 내…… 뭐, 그런 느낌이 들었어요. 고마워요.

곧바로 요가 수업이 시작되었고 나는 동작을 하면서도 한동안 눈물을 흘렸다. 참으로 희한한 일이었다. 말없이 낯선 사람의 눈을 들여다봤을 뿐인데 감정의 수문이 그렇게 활짝 열려버리다니. 한 가지 다행스러운 것은 그런 상태로 땀에 흠뻑 젖도록 요가를 하고 나니 해결된 것 하나 없지만 가슴이 조금은 후련해졌다는 것이다.

"오늘 색다른 경험을 하신 분들이 계시죠. 집중하느라 잘 모르셨겠지만 앞서 했던 실험에서 무려 아홉 분이나 많은 눈물을 쏟아내셨어요. 각자의 이유는 다르겠지만, 무언가에 억눌려 답답했던 영혼의 자연스러운 반응이니 놀라지 마시고요, 물꼬를 튼 내면의 자아와 대화를 잘 이어가셨으면 좋겠어요."

수업이 끝난 후 잠시 멍하니 앉아 있는데 안젤리카가 다가왔다.

"꼭 한 번 안아주고 싶은데 괜찮을까요?"

뜻밖의 제안에 가슴이 뭉클해졌다. 한 시간 전까지만 해도 완벽한 타인이었던 그녀가 무척 가깝게 느껴졌고, 따스한 포옹은 크나큰 위로가 되었다.

"실은 오늘이 내 여행의 마지막 날이에요. 서둘러 짐을 싸면 한 시간은 여유가 있을 것 같은데, 차라도 한잔 같이 할까요?"

마다할 이유가 없는 제안이었다.

"좋아요, 정말 좋은 생각이에요."

우리는 어쩌면
같은 터널을 지나는 사람들

그림 같은 빌라들과 프라이빗 해변이 내려다보이는 야외 레스토랑, 안젤리카와 나는 가장 전망 좋은 곳에 자리를 잡고 차를 주문했다. 막상 그녀와 마주앉으니 주책없이 눈물을 쏟은 일에 대해 왠지 변명이라도 해야 할 것 같았다.

나는 내가 살아온 이야기를 간단히 들려주고, 그녀의 눈동자를 바라보다가 갑자기 복잡한 감정이 끓어 오른 이유를 정확히는 모르겠다고 고백했다. 다만 누군가에게 깊이 이해받고 있다는 느낌과 왠지 모를 서러움, 억울함, 후회, 안도의 기쁨 등이 뒤섞인, 아주 낯설고도 강렬한 감정이었다는 것만은 확실하다고도 덧붙였다. 내 이야기를 듣는 그녀의 푸른 눈동자가 흔들리며 촉촉해졌다.

"난 운명론자는 아니지만 모든 일에는 뜻이 있다고 생각해요. 우리가 만난 것, 그러니까 아까 그 테라피 때 짝이 된 건 우연이 아닐 수도 있어요. 미나 씨 사정을 알고 나니 더 확신이 들어요. 사실은 내가 딱 10년 전에 미나 씨랑 똑같은 경험을 했거든요. 방송국 기자로 일하다 작가로 전업해서 글 쓰고 작은 사업을 했는데 너무 나 자신을 몰아가다 지쳐 나가떨어진 거예요. 신기할 정도로 비슷하지 않아요? 어쩌면 그래서 깊이 이해받는다고 느꼈을까요? 젊은 시절 나를 보는 것 같군요."

소름이 돋았다. 어떻게 이럴 수가 있을까. 내 마음을 읽었는지 그녀가 다정한 미소를 지어 보였다.

"신기하죠? 아무튼 그 당시엔 몰랐는데 지금 와서 돌이켜보니 그게 바로 '번아웃 증후군'이었어요. 대개 에너지와 열정이 넘치는 사람들이 걸리다 보니 평소 알지 못했던 부정적인 감정들을 마주하며 느끼는 괴로움이 상당히 크죠. 그런 사람들은 남이 시켜서가 아니라 자의에 의해 온 힘을 다하는 삶을 선택하고 그게 최선이라고 믿잖아요. 지치는 줄도 모르고, 자기 자신을 혹사시키고 있는 줄도 모른 채 미련할 정도로 열심히 살죠. 그래서 몸에 병이 나거나 감정이 폭발해버리는 게 너무 갑작스럽게 느껴지고요. 자기 자신한테 일종의 배신감? 죄책감? 그런 걸 동시에 느끼게 되는데 아주 이상하고 괴롭죠. 미나 씨가 나처럼 그 과정을 겪는 것 같은데 본인의 상태를 관찰하면서 휴식의 시간을 갖길 권해요. 지금 느끼는 괴로움은 빙산의 일각일 수 있고 생각보다 회복에 많은 시간이 걸릴 수 있어요. 아직 와 닿지 않는 얘기겠지만, 그런 괴로움을 느끼는 것도 어찌 보면 행운이에요. 어떤 사람들은 아예 문제점을 덮어버린 채로 살기도 하니까요."

"너무나 안정감 있는 분 같아서 그런 경험을 했으리라고는 상상도 못 했어요."

"말도 말아요, 그때 나는 정말 최악의 상태였어요. 무려 3년이나 아무것도 할 수 없었죠. 어두운 터널 같은 그 시간을 지나 내 마음을 회복한 후에야 일할 의욕이 다시 생겨 지금의 회사를 차렸죠. 한 가지 꼭 말해주고 싶은 게 있어요. 지친 나 자신을 진심으로 아껴주려고 애썼더니 적재적소에서 누군가 운명처럼 나타나더라고요. 때로는 도움을 주고 때로는 뭔가를 깨닫게 해주고요. 어쩌면 미나 씨가 마음의 평화를 찾아가는 길 위에서 만나야 하는 사람 중엔 나도 포함되어 있었을지 모르죠. 오늘 아침 테라피를 전에도 몇 번 해본 적이 있는데, 매번 격한 감정을 느끼진 않아요. 아주 특별한 인연이 있는, 혹은 영혼이 통하는 누군가와 짝이 되었을 때에만 일어나는 일이에요. 그러니 우리 만남에 뭔가 뜻이 있을 거예요."

"정말 신기하고 감사한 일이네요. 그러면 한 가지 조언을 구해도 될까요? 실은 어제 상담을 받았는데요, 당분간 정신이 명령하는 건 모두 중지하고 마음이 원하는 것만 해야 한다고 들었어요. 마음이 원하는 건 과연 어떻게 찾아서 시작해야 할까요? 오후 내내 해변에 누워 생각해봤지만 도무지 알 수가 없었어요. 언제나 하고 싶은 게 넘쳐났었는데 이제는 뭘 하고 싶은지조차 알 수 없는 사람이 돼 있더라고요. 너무 오랫동안 마음을 무시하고 살아와서 그런가 싶어 몹시 슬펐죠."

"어렵게 생각하지 않으면 좋을 것 같아요. 그 인도인 구루라는 분의 설명이 참 절묘한데요, 오랫동안 상처 입은 채로 방치된 아이라면 충분한 시간을 주는 게 중요할 것 같네요. 너무 다그치면 되레 더 돌아설 것 같아요. 그러니 '이제 괜찮은데?'라는 생각에 속지 말고 최대한 오랫동안 휴식을 취하면 좋겠어요. 인생 전체를 놓고 봤을 때 그리 긴 시간은 아닐 거예요. 살면서 나타나는 작은 신호들을 무시하면 안 된다는 걸 이 나이 먹어보니 알겠어요. 아, 나는 그 무렵 친구의 권유로 버킷리스트를 써서 하나씩 실천했는데, 미나 씨도 그렇게 해보면 어때요?"

맞다, 나에게도 그런 게 있었지. 어딘가에 있을 텐데. 그래, 그걸 찾아보자.

안젤리카는 아쉬운 표정으로 재차 시계를 보더니 결국 자리에서 일어났다. 다시 한 번 나를 따뜻하게 안아주고는 두 손을 잡고 이렇게 당부했다.

"후회되는 일이 떠올라도 자책하지 말아요. 미나 씨가 지금 해야 하는 건 본인을 원망하는 게 아니라 누구보다 아끼고 사랑해주는 일이니까. 행운을 빌게요."

나를 위해 여행의 마지막 순간을 아낌없이 내어준 금발의 독일 언니 안젤리카. 호수처럼 그윽하고 푸른 두 눈과 따뜻한 포옹으로 나를 위로해준 그녀에게 진심으로 감사했다.

여행을 마치고 집으로 돌아가자마자 나는 버킷리스트가 담긴 수첩을 찾기 위해 서재를 뒤적거렸다.

2년 전쯤, 그러니까 사업을 한답시고 한창 일에 몰두해 있을 때였다. 후배가 커다란 배낭을 짊어지고 사무실에 나타났다. 한 달간 히말라야로 여행을 떠나는데 그 이유는 이십 대 버킷리스트 중 하나가 남아 있고 이제 6개월 후면 서른 살이 되기 때문이라고 했다.

버킷리스트를 작성하는 사람은 가끔 봤지만 그 안에 있는 내용을 다 실천했다는 경우는 거의 보지 못했고 나이대별로 버킷리스트를 갖고 있는 사람도 처음 본다고 비웃어줬다. 그러자 후배는 한 번 사는 인생 버킷리스트 정도는 써봐야 하는 거 아니냐고, 또 지키지 않을 거면 뭐 하러 만드느냐고 반문하며 할 말을 잃게 했다.

"누나의 버킷리스트에는 뭐가 있어요? 설마 영원히 죽지 않을 것처럼 '언젠가는!'이라며 모든 일을 미루고 사는 건 아니죠?"

후배의 말에 적잖이 충격받고 버킷리스트를 끼적이던 그때, 훗날 이것이 내 인생 전환점에서 중요한 첫 출발이 될 수도 있을 거란 느낌이 들었다. 비록 그것이 '정신의 힘을 제어하기 위한' 시도로 지구 반대편에서 실현될 줄은 꿈에도 몰랐지만.

언제나 하고 싶은 게 넘쳐났었는데

이제는 뭘 하고 싶은지조차 알 수 없는 사람이 돼 있더라고요.

———

너무 오랫동안

마음을 무시하고 살아와서 그런가 싶어 몹시 슬펐죠.

2부

그렇게
서두르지 않아도 돼

미리 계산하면
춤이 될 수 없다

내가 쿠바까지 달려간 궁극적인 이유는 결국 토라진 마음을 달래기 위해서였다. 평소 적절한 관심과 시간을 할애하지 못하고 살아온 대가로 내 마음에 스스로 칼집을 내었다니, 치유할 수 있는 모든 수단을 동원해야만 했다.

누구든 어른이 되면 아이 때보다 웃음이 줄고 걱정이 많아지지만, 사회생활의 끝없는 경주에 발을 들인 후 잘못 가속이 붙으면 웃음이 아예 자취를 감추는 슬픈 일이 일어나기도 한다. 그 역시 정신과 마음 사이 힘의 밸런스가 깨져서일 수 있다. 거절 못하는 성격인 데다 책임감과 사회 정의감이 도를 넘는 나에게 일복까지 밀려들었던 지난 몇 년, 나는 바로 그런 이유로 웃음을 잃고 살았다.

예를 들어 이런 일이 있었다. 친구 생일파티에 참석했을 때다. 시간을 쪼개어 참석한 터라 몸만 거기 있었지 머릿속은 당장 급한 회사 일에 대한 고민으로 가득했다. 그때 어떤 사람이 실없는 농담을 길게 늘어놓았다. 그러자 '저 사람은 대체 뭔데 내 소중한 시간을 갉아먹고 있는 거야' 하는 원망 섞인 생각에 화가 치밀었다. 마음의 문이 닫혀 농담 한마디 웃어넘길 여유조차 없던 시절이었다. 눈물도 웃음도 넘친다는 소리를 듣던 내가 어떻게 그렇게 변할 수 있었을까.

나를 세 파트, 즉 정신, 마음, 몸으로 나누어 들여다보는 법을 알게 된 후에야 비로소 깨닫게 된 것들이 있다. 정신을 단련하고 정신력으로 어려운 일을 극복하는 일이 늘 긍정적이지만은 않다는 것, 균형이 깨지면 정신이 지나친 힘을 휘두르게 된다는 것, 그러면 정신이 폭군처럼 나대는 사이 마음의 존재감은 사라지고 몸은 지쳐버릴 수 있다는 것. 그리고 문제가 심각해진 후에야 이런 상황에 대한 깨달음이 온다는 것.

처음엔 인정하기 싫었지만, 실체를 마주할수록 특단의 조치가 필요하다는 사실을 받아들이게 되었다. 나는 우선 아예 일을 할 수 없는 환경을 만들기로 했다. 일중독의 원인을 인위적으로 제거하기 위함이었는데, 내게는 그게 일터를 떠나는 것이었다. 다음으로 돌아선 내 마음에 다시 말 걸 수 있는 최고의 언어가 무엇일지 고민했고 춤을 선택했다.

아바나에서 살사를 배우기 시작한 지도 꽤 많은 시간이 지났다. 어설프기 짝이 없던 초보 댄서는 조금씩 그 재미를 알게 되었고, 나중에는 하루라도 춤을 안 추면 좀이 쑤셨다. 아침마다 평균 두 시간, 어떤 날은 서너 시간씩 강습을 받고 저녁엔 살사 클럽으로 견학(?)을 가기도 했다. 그 전에는 감히 상상도 못 한 날들이었다.

춤을 어찌나 열심히 췄는지 발가락마다 물집이 잡혀 걸을 때마다 찌릿했지만 그 통증마저 왠지 좋았다. 그동안 대체 무슨 재미로 살았던 걸까. 마지막으로 가슴까지 후련하게 웃어본 게 언제였나. 일에 대한 고민 없이 친구들을 만나고, 시간에 쫓기지 않고 세상 게으르게 휴일을 보내본 적이 지난 10년간 있기는 했나. 춤에 대한 욕망도 커리어적 목표나 필요에 부합하지 않는다는 이유로 정신이 가로막고 있었던 걸까.

다행스러운 것은 여행을 시작한 이후 가끔씩 들려오는 마음의 작은 응답들이었다. 언제부터인가 아름다운 것을 봐도 별 감흥이 없었는데, 조금씩 달라지고 있었다. 시장을 지나다 먹음직스러운 과일이 쌓여 있는 걸 발견할 때나 앞니 빠진 이웃집 아이가 아무 이유 없이 웃어줄 때면 마음에 빛이 내렸다. 아바나에서 찍은 사진들을 보면 내 얼굴이 서서히 변해가는 것이 보였다. 애쓰지 않아도 웃음이 났다. 사소한 일로 시간을 죽이는 것이 즐거워졌다.

무엇보다 베로니카와 살사 수업을 할 때면 내 마음이 저절로 환해지는 걸 느낄 수 있었다. 아직은 단순한 동작만 반복하는 수준이지만 그렇게 재미있을 수가 없었다. 내가 변화하고 내 안의 본능과 욕망과 유희가 살아나는 것이 절절히 느껴졌다.

그런데 하루는 왠지 베로니카의 표정이 밝지 않다 싶더니 결국 고개를 설레설레 저으며 중도에 음악을 꺼버렸다.

"네 문제가 뭔지 알아? 발이 너무 빨리 나가는 거야. 그러니 회전할 때 중심이 흔들릴 수밖에. 그렇게 서두르지 않아도 돼. 미나, 왜 이리 조급해? 여유 있게 기다려도 기교 부릴 시간은 얼마든지 있어. 아무도 널 재촉하고 있지 않다고. 도대체 왜 이게 안 고쳐질까. 네 몸의 리듬대로 자연스럽게 따라가봐. 이건 춤이잖아. 즐기라고!"

숨을 고를 시간도 없이 춤은 다시 시작되었다. 처음 두어 소절은 무사히 넘어가는가 싶었는데 결국 나는 도돌이표처럼 똑같은 실수를 반복했다.

"미나, 오늘 왜 이러니. 전에도 몇 번 느낀 건데 넌 너무 생각이 많은 것 같아. 말했잖아, 살사는 철저하게 남자가 리드하는 춤이라니까. 상대가 다음에 어떤 동작을 할지 신호를 주기도 전에 네가 알아서 예측하고 움직이면 춤이 될 수 없어. 난 왼쪽으로 회전하려고 했는데 내가 사인을 주기도 전에 오른쪽으로 돌아버리면 어떡하냐고. 아무 생각 하지 않고 그냥 느끼고 따라오기만 하면 되는데 그게 왜 그리 어려운 거니? 힘을 빼고, 아무 계산도 하지 말고, 잘 춰야겠다는 생각도 말고 본능적으로 움직여야 해. 제발 춤을 머리로 추지 말고 가슴으로 추라고!"

내가 생각해도 이상한 일이었다. 아무리 그놈의 신호를 기다리려고 해도 왜 자꾸 발이 먼저 나가고 몸이 먼저 돌아가고 제멋대로 움직이게 되는 걸까. 한 번 의식하기 시작하니 점점 더 뜻대로 되지 않았다. 자신감이 떨어지며 자꾸 눈치를 보게 되고 흐름은 뚝뚝 끊겼다. 결국 흥이 안 나 힘만 빼던 끝에 평소보다 일찍 수업을 마무리했다.

잔뜩 풀 죽어 있는 내게 마티아스가 슬그머니 다가왔다.

"기운 내. 넌 정말 춤을 잘 춰, 미나. 그리고 좀 못하면 어때. 춤은 즐기면 되는 거야. 마음을 편하게 내버려두면 리듬은 저절로 흘러나오게 되어 있어."

그는 베로니카의 오빠로, 간판도 없는 이 살사 학원의 경영 담당이었다. 정확히 말하면 학원의 실세인 여동생 눈치를 보느라 전전긍긍하며 수업료 받는 일을 하는데 춤에는 눈곱만치도 재능이 없는 아바나 대학 학생이었다. 쿠바에서 태어난 흑인에게 리듬감이 전무할 확률이 얼마나 되는지 모르겠지만 꽤 희귀한 축에 속한다. 그런 사람이 뭘 안다고 춤에 대해 말할까 싶었지만 이내 나보다는 낫겠다 싶은 생각이 들었다.

"저절로? 그게 얼마나 어려운 말인지 알아? 우린 태생 자체가 달라. 대부분의 아시아인들은 쿠바 사람들처럼 DNA에 춤 재능이 박혀 있지도 않고 기막힌 엉덩이를 타고나지도 않잖아. 비교 자체가 불가능해. 노력해도 안 되는 일 같아."

"내 말이 그 말이야. 그게 노력으로 할 일이 아니라니까. 좀 즐겨! 평소에 널 보면 너무 진지해서 신기할 정도라니까. 춤 연습해서 시험이라도 볼 것 같은 태도야. 뭐가 그리 심각해? 잘 안 취지는 날도 있는 거지 뭘 그리 풀죽어 있냐고. 안 되겠다, 이것저것 계산 말고 나랑 하루 놀자. 어때? 너에겐 아무 생각 없이 보내는 시간이 필요한 것 같아."

내 딴에는 마음 가는 대로 살고 있다고 생각했는데 심각하다니. 생각이 너무 많다니. '적당히'를 모르는 나의 정신은 여전히 나를 지배하고 있었던 걸까. 낯선 곳에 온다고 저절로 해결될 일이 아니었다. 정신이 더는 독불장군처럼 굴지 않게 하려면 뭘 해야 할지 막막했다. 그래도 어쩌면, 정말이 친구 말대로 아무 생각 없이 놀다 보면 뭐라도 달라지지 않을까. 일말의 기대를 품고 그를 따라보기로 했다.

가진 게 없어서
오늘에 더 집중할 수 있어

"아무 걱정 말고 나를 꼭 껴안기만 하면 돼. 나 믿지?"

과연 믿어도 될까? 남미대륙 횡단을 마친 체게바라의 포데로사(체게바라가 친구와의 남미여행 때 몰고 다닌 오토바이의 애칭)도 이렇게 덜덜거리진 않을 것 같은데. 해체 위기의 고물 오토바이를 대령한 마티아스는 그야말로 입이 찢어졌다. 벌써 몇 주째 나를 자기 오토바이에 한번 태우려고 공을 들이고 있었기 때문이다.

그는 한구석에 오토바이를 세워놓고 내 머리에 정성스레

헬멧을 씌워주었다. 독일 스타일의 복고풍 무광택 검정 반헬멧을 눌러쓰고 선글라스를 낀 채 곧 부서질 것 같은 오토바이에 올라타니 영락없이 한 쌍의 딱정벌레 같았다. 우스우면서도 왠지 대책 없는 용기가 솟았다.

마티아스는 꽁무니로 시커먼 연기를 내뿜는 녀석을 끌고 마치 신고식이라도 하듯 요란하게 동네 몇 바퀴를 돈 다음 큰 길을 향해 달려나갔다. 소음 때문에 귀도 멍하고 올드카 매연 때문에 코까지 매운 데다 그런 꼴을 하고 아바나 시내를 질주하는 나 자신이 우스꽝스러워 배꼽이 빠질 지경이었다. 머리카락이 쭈뼛 서고 눈알이 튀어나올 것 같은 아찔한 순간도 수차례. 오토바이를 타고 무법자처럼 교차로를 이러저리 휘젓는 짓이 아바나에서는 그리 놀랄 만한 일이 아니다. 무단횡단과 신호 위반은 쿠바의 흔한 거리 풍경 중 하나다. 그 강도와 빈도 면에서 이방인에게, 특히 나처럼 불법행위를 혐오하는 이에게는 상당한 문화 충격이다.

우리 기준으로는 지키는 게 당연한 법규나 약속을 어겨도 문제되지 않는 경우가 이곳에서는 종종 있다. 물론 이데올로기에 반하거나 국가 권력에 저항하는 일이 아닌 경우에 한해서. 수많은 관광객은 이런 무질서와 혼란을 두고 '쿠바는 곧 완벽한 자유'라 말하기도 한다. 자유와 무질서, 그중 무엇이든 국민을 철저한 통제와 억압하에 두는 사회주의 국가의 특성을 생각하면 아이러니한 일이다.

하긴, 쿠바는 그야말로 아이러니로 가득한 곳이다. 눈부신 햇살이 쏟아지는 아름다운 카리브해의 섬나라이면서 스페인 침략자들의 중남미 약탈 본거지였는가 하면 혁명의 무대가 되기도 했다. 전 세계에서 가장 철저하게 고립된 나라 중 하나이면서 정열의 라틴 음악과 춤의 발상지이기도 하다. '극심한 빈곤', '자유의 부재', '문명과 기술의 이기가 닿지 않아 멈춰버린 시간' 덕분에 전 세계 수많은 여행자가 환상을 품고 꿈에 그리는 목적지가 되었다니, 이런 아이러니가 또 있을까. 그렇게 생각하면 완벽주의자적인 삶의 강박에서 벗어나 자유를 되찾기 위해 이곳을 왔다는 나의 주장도 아이러니 그 자체라고 할 수 있겠다.

"어때? 내 애마가 보기보다 쓸 만하지?"

마티아스는 혼비백산이 될 지경의 속도로 오토바이를 몰았다. 무서우면 자기를 더 꼭 끌어안으라며. 그러면서 날 안

심시킨다는 핑계로 은근슬쩍 손을 잡았다 놨다를 반복하는데 우선 살고 봐야 하니 뿌리칠 수가 있나. 아니, 솔직히 고백하면 정신은 '여행지에서 만난 어린 남자애랑 뭐 하는 거야?' 꾸짖는데 마음은 '단단하고 넓은 어깨에 의지해 콧구멍에 바닷바람 맞으며 이국의 도심을 누비는 일이 이 누나도 그리 싫지만은 않네'라고 말하고 있었다.

우리는 올드 아바나에 오토바이를 세웠다. 발코니마다 알록달록 널린 빨래들, 파스텔톤 건물들, 연주에 한창인 길거리 뮤지션들, 드문드문 서 있는 멋들어진 올드카들이 한데 어우러져 노스텔지어를 불러일으키는 그림 같은 풍경. 마티아스와 나는 때마침 안성맞춤의 햇살이 내려앉은 거리를 걸었다. 서점에서 책도 한 권 사고, 작은 갤러리의 그림도 구경하고 아이스크림을 사 먹기도 하면서. 정해진 방향도 계획도 없이, 시계도 보지 않고 낯선 도시의 골목을 누비는 일은 꽤 즐거웠다.

라티노답지 않게 반듯한 마티아스는 춤에 대한 감각만 없는 게 아니라 구애에도 서툴렀다. 잠시도 내게서 시선을 떼지 않고 자기 나름의 방식으로 정성을 다했지만 어쩌다 어깨라도 스치면 금세 얼굴이 붉어졌다. 하지만 그가 박물관에서 튀어나온 모태솔로라는 사실은 전혀 문제 되지 않았다. 한번씩 툭 던지는 이야기가 상당히 인상적이어서 그와의 데이트는 의외의 자극제가 되었다.

"어때? 기분 좀 나아졌어? 근데 표정이 왜 그래? 또 무슨 심각한 생각에 잠긴 거야? 넌 좀 더 긴장을 풀 필요가 있어. 가끔 이상하다는 생각을 해. 우리 쿠바 사람들은 자유가 용납되지 않는 감옥 같은 인생을 살면서도 감정만큼은 자유로운데 자유의 나라에서 왔다는 외국인들은 오히려 '어떻게 살아야 한다'는 강박관념에 갇혀 있는 것 같거든. 지금 널 보면 한국 사람들도 마찬가지인가 봐."

정곡을 찔린 것 같아 뜨끔했다.

"그렇게 보여? 난 나름대로 자유 영혼의 소유자라고 믿으며 살아왔는데……."

"우린 가난하고, 이 땅을 벗어나는 건 하늘의 별 따기고, 바깥세상이 어떻게 돌아가는지도 잘 몰라. 돈이 있어도 살 물건이 없고, 사고 싶은 게 있어도 돈이 없어. 하지만 바로 그 이유로, 내가 노력해서 미래를 바꿀 수 없기 때문에 오늘에 집중할 수 있는 것 같아. 궤변같이 들리지만 사실이 그래. 쿠바인들은 가질 수 있는 게 너무 없다 보니 있는 것 안에서 행복을 발견하는 일에 능하지.

그래서 외국인들 시선으로 봤을 때는 불행해 보일지 모르지만 우리만큼 자기감정에 충실하게 사는 사람들이 또 있을까 싶어. 밥을 굶을지언정 음악과 춤과 사랑은 포기 않거든. 미나 년 진짜 자유 영혼이 되려면 멀었어! 모든 일에 대해 생각을 너무 많이 하는 거 같아. 춤을 출 때도 어떤 동작을 할지 머리로 먼저 계산을 하잖아. 실수를 하거나 미쳤다 싶은 짓 좀 한다고 세상이 끝나는 것도 아닌데. 안 되겠다, 여기서 이럴 게 아니라 갈 데가 있어.”

그는 뭔가 결심한 듯한 표정을 짓더니 어디론가 냅다 뛰어갔다가 비닐봉지 하나를 손에 들고 바람처럼 돌아왔다.

“럼주랑 과일 좀 샀어. 말레콘에 가서 같이 석양을 보자. 그리고 별이 뜰 때까지 살사를 추자. 적어도 오늘은 생각 따위 그만해. 네 마음 가는 대로, 몸이 움직이는 대로 놓아주라고. 자, 가자. 이번엔 진짜 제대로 달린다. 꽉 잡아!”

마티아스는 나를 다시 오토바이에 태우고 시동을 걸었다.

젊음과 고물 오토바이와 살인미소만을 갖고도 세상 모든 걸 가진 것처럼 살 수 있다니! 그의 말이 맞았다. 언제나 내 안의 무언가가 브레이크를 걸었다. 아무리 자유를 만끽하려 해도 적당한 선을 유지하도록 하는 관성. 그걸 깨보겠다고 이 멀리까지 오고서도 나는 아직 그 안에 웅크리고 있었던 걸까.

쿠바 혁명의 주역들이 외치던, '모두가 공평하게 잘 사는 나라'는 그저 이상과 꿈으로 남았다. 적어도 내가 본 쿠바는 그렇게 보였다. 무엇이든 가능하지만 불가능한 일이 너무 많아 불편한 곳, 이러나저러나 똑같은 미래가 펼쳐질 테니 내키는 대로 살아도 그만인, 슬프지만 자유로운 오늘이 있는 도시, 아바나. 더구나 여행자인 나를 가로막는 것은 아무것도 없는데, 왜 나는 여전히 내게 엄격하게 구는 걸까. 마티아스의 오토바이에 몸을 맡긴 채로 다시 한 번 다짐해본다. 오늘은 한번 잊어봐야지. 노을이 지고 별이 뜰 때까지, 지쳐서 더는 못할 때까지 마음이 내키는 대로, 몸이 움직이는 대로 내버려둬야지.

오토바이 속력이 점점 빨라지는데도 더 이상 두렵지 않았다. 숨 막히는 빛깔의 노을이 내려앉기 시작한 말레콘의 파도가 먼발치로 보였다.

우린 가난하고.

이 땅을 벗어나는 건 하늘의 별 따기고.

─────────

바깥세상이 어떻게 돌아가는지도 잘 몰라.

하지만 바로 그 이유로 오늘에 집중할 수 있는 것 같아.

'해야 하는 일' 말고
'하면 기쁜 일'

뜨거운 날들은 계속 이어졌다. 카리브해의 작열하는 태양은 아침이면 온 세상을 후끈 데웠고, 나는 비 오듯 땀을 흘리며 돌고 돌고 또 돌고 살사에 빠져 지냈다. 춤을 추지 않을 때는 마치 아바나에서 평생 살아온 사람처럼 자연스레 일상을 즐겼는데 '진정한 자유는 사회 시스템을 뛰어넘는 개인의 마음가짐에 있다'는 사실에 매번 더 확신을 갖게 되었다.

아바나는 그 자체로도 환상적인 도시이지만, 특유의 자유

분방함과 예술적 정취에 빠져들 수 있는 사람들에게는 그야말로 유토피아다. 나의 경우는 쿠바를 알기 전 아바나의 '한계 없는 자유'라는 것이 내심 두려웠다. 직업 때문에 내가 매우 대담한 사람일 거라고 짐작하는 사람이 많은데 사실은 그렇지 않다. 대중 앞에서 떨림 없이 마이크를 잡는 것과 자기 삶에서 용기를 내는 건 완전히 별개의 문제다. 나름대로 인생의 굴곡들을 잘 헤쳐가고 있지만, 그것이 결코 '한 치의 두려움도 느끼지 않을 만큼 용감한 사람'이란 뜻은 아니다.

가까운 지인들은 잘 알고 있는 바, 나는 유달리 겁이 많은 성격이다. 그래서 어떤 틀을 깨야 할 때면 남보다 몇십 배 더 망설인다. 마르코 폴로라도 된 양 지구를 뱅뱅 도는 모습만 봐왔기에 뜻밖이라고 생각하는 이가 많겠지만, '소심하고 걱정 많은 사람', 이게 내 진짜 모습이다. 천성적으로 그런 것인지 나이를 먹어서 그렇게 변한 건지 구분 짓기는 참 애매하다. 태생이 겁쟁이인데 커가면서 무서운 게 더 많아졌으니.

타고난 성향이 그런 데다 한국에서라면 체면깨나 차려야
하는 나이가 된 지 오래. 그런 내가 쿠바까지 가서 가슴 깊
은 곳에 묵혀 있던 감정, 욕구, 열정, 끼, 뭐라고 불러야 좋을
지 모를 온갖 것들을 춤을 통해 분출하며 깃털처럼 보낸 시
간은 기적에 가깝다. 쿠바가 아니었더라면, 살사가 아니었
더라면 손에 넣을 수 없는 선물이었으리라.

정신이 내게 저지르고 있던 테러(?)가 어떤 것이든 간에, 압
박을 의식하지 못한 채 지배받던 나의 몸과 마음이 그 사슬
을 다 풀어 던지고 실컷 놀 수 있었다는 것만으로 이 여행은
충분히 가치 있었다. 나는 단순히 춤을 춘 것이 아니었다.
살사는 오래 억눌러왔던 복잡다단한 감정과 꿈, 생각, 이상
을 표현하는 수단이자 깊은 내면에 움츠러들어 있던 진짜
내가 꿈틀거리며 일어나 세상을 향해 던지는 외침이었다.
나를 옭아매던 또 다른 나에게 보내는 경고이기도 했다.
무엇보다 그저 '하고 싶으니까'라는 단순한 이유로 많은 시
간과 에너지를 아무런 사회적 보상 없는 '춤추기'에 쏟아부
었다는 것은 오랫동안 일중독에 빠져 있던 나에게 큰 의미

가 있다. 상당수의 한국인은 일중독에 걸린 채 자신이 그런 줄도 모르고, 알아도 벗어나지 못하고 살아간다.

워커홀릭도 일종의 중독이기 때문에 스스로 그 상태를 인지하지 못하고 인정하려 들지도 않는다. 나 또한 그랬다. 일을 많이 했지만 억지로가 아니라 늘 자발적으로 했고 좋은 성과를 냈기 때문에 피로도가 낮아서 잘못된 길로 들어서 걷고 있다는 건 추호도 생각하지 못했다. 나는 단지 성실하고 부지런한 사람이라 생각했고 최선을 다하는 것이 미덕이라고 믿었다. 다들 그렇게 살고 있으니 당연한 것 같았고 느슨한 시간을 보내면 죄책감이 들기도 했다.

생각해보면 학생 때는 치열한 경쟁에서 살아남을 수 있도록 공부에만 몰두하는 것이 한국에서 태어난 모든 이의 숙명이라 생각할 수밖에 없었다. 처음이자 마지막 직장인 방송국에서도 어쩌다 휴가라도 길게 낼라치면 동료들에게 염치없는 짓 하고 농땡이나 부리려는 사람 취급을 받았다.

쉬엄쉬엄 가려고 노력해보았지만 나도 모르는 사이 원래 속도를 되찾고 질주하곤 했다. 결국 모든 에너지가 소진되고 나서야 알았다. 나도 모르는 사이, 서서히 그리고 오랫동안 일중독에 빠져들어 살고 있었다는 것을. 그리하여 내 안의 내가 파업을 선언했고, 이것이 말로만 듣던 번아웃 증후군이라는 것을.

번아웃 증후군은 공식적으로 진단된 심리학적 증상은 아니다. 하지만 정말 많은 현대인이 앓고 있다. 주로 야망이 크거나 목표를 이루기 위해 전력투구하는 사람들에게 나타나는데, 한국의 경우 개인의 성향과 관계없이 환경의 영향을 받기도 한다. 성공에 대한 욕심이 크지 않아도 사회 전체에 깔려 있는 가치관이 보이지 않는 압력이 되어 목숨 걸고 뛸 수밖에 없게끔 만들기도 하는 것이다.

'번아웃'은 말 그대로 에너지, 기쁨, 유머 감각, 의욕, 체력, 평온함 등이 남김없이 타버린 상태를 의미하는데, 보통 일이 터지고 난 후에야 깨닫게 되는 게 문제다. 증세를 인지할 때쯤엔 이미 많이 진행되었을 가능성이 높고 각고의 노력을 해야 벗어날 수 있다. 알코올중독에 빠진 사람들이 그 늪을 빠져나오려면 굳은 의지를 다지고 주변의 도움을 받아야 하는 것처럼 일중독의 경우에도 결정적 계기나 조치가 필요하다.

내게는 태국 여행이 현실 인식의 계기가 되었고 '살사 유학'은 극단의 처방이었다. 다행히도 이 처방은 효능이 있었다. '이게 맞는 선택일까' 수없이 반문하고 두렵기까지 했던 쿠바행. 그러나 카리브해의 짠내 나는 바람을 맞으며 보낸 한 달여간의 시간은 내게 적잖은 변화를 일으켰다. 거부감마저 느꼈던 아바나의 자유로움을 서서히 즐길 수 있게 되었고 감정을 날것 그대로 꺼내놓는 쿠바 사람들에게 익숙해졌다. 특별한 소득 없이 지나가는 시간이 아까워 초조해하는 시간도 줄었다. 여전히 욕구를 자제하고 감정을 조절하려는 경향이 있긴 하지만, 정신이 나서지 않고 잠잠히 있는 시간이 길어졌다. 이것만으로 충분히 만족스러웠다.

쿠바에서의 마지막 날들은 그 정점을 찍었다. 지구 각지에 흩어져 사는 골드미스 친구들이 함께 여행을 하겠다고 아바나로 날아왔다. 우리는 자동차 애호가 서넛쯤은 쉽게 쓰러뜨릴 만한 핫핑크 1956년산 포드 페어레인 컨버터블 올드카를 빌려 타고 구석구석을 헤집고 다녔다. 화려한 날들도 좋았지만 아바나를 벗어나 코히마르에 가서 보낸 하루의 감상이 마음에 깊이 남았다.

헤밍웨이가 낚시를 준비하던 부둣가를 거닐고, 버려진 성벽에 기어올라 거친 파도와 갈매기 날갯짓을 보며 말없이 앉아 있던 오후. 의미 없이 반복되는 풍경과 소리에 푹 빠져 있던, 마치 나를 위해 멈추어버린 듯했던 그 시간. 나의 정신은 그저 내가 노는 모습을 뒷짐 지고 방관하고 있었고, 나의 마음은 완전한 평화로움을 느끼며 행복해하고 있었다. 그 어느 때보다 뜨겁고 자유로웠던 내 여름날의 첫 챕터는 그렇게 끝을 향해가고 있었다.

몸이 반항하는

순간

바람이 심하게 부는 아침, 몸을 가누기 힘들어 공항 청사 기둥을 붙잡고 씨름 중이었다. 피곤하고 가방도 무거운데 햇살은 따갑고, 그 와중에 눈두덩에 생겨난 정체불명의 뾰루지 때문에 심란하기 짝이 없었다. 쿠바를 떠날 때부터 한쪽 눈이 간질간질하더니 비행기 안에 있는 동안 눈꺼풀 위에 붉은 점이 생겼고 착륙할 무렵 그 점은 작은 혹이 되었다. 꺼림칙한 기분을 밀쳐내고 애써 긍정적으로 생각하려고 노력했다. 잠깐 이러다 말겠지. 괜찮을 거야!

"혹시 미나 씨인가요?"

휘몰아치는 바람을 뚫고 누군가 다가왔다. 작은 키에 펑퍼짐한 체격의 그녀는 내가 묵기로 한 숙소의 주인이었다. 내 영혼을 위한 힐링 여행 두 번째 목적지는 코스타리카. 국토의 4분의 1이 국립공원이라 노천 온천과 정글, 기막힌 해변이 사방에 널려 있는 나라다. 자연 속에서 볕도 많이 쬐고 수영, 서핑, 요가, 하이킹 등 닥치는 대로 해보고 싶은 나에게 더 완벽할 수 없는 곳이었다.

가만히 숨만 쉬고 있어도 힐링이 될 조건을 모두 갖춘 곳에 와서 왜 하필 눈이 말썽인지. 세계 최고의 경치들을 둘러보면서도 눈두덩의 트러블 때문에 신경을 곤두세우고 보내는 나날이 이어졌다. 너무 시골이라 병원이나 보건소가 없으니 할 수 있는 일은 약국을 전전하는 것뿐이었다. 모든 약사가 저마다 다른 진단과 처방을 내려 혼란스러웠지만 달리 어쩔 도리가 없었다.

푸르디푸른 정글 숲에서 산행을 하며 피톤치드를 한가득 들이마시면서도, 노란 부리의 투칸이 나타나길 기다리는 중에도, 내 눈꺼풀에서 천천히 자라고 있는 뽀루지의 정체를 완전히 잊기는 힘들었다. 그렇다고 여행을 중단하기에는 너무나 사소한 문제였다. 국립공원 투어를 마치자 코스타리카 여행에 합류한 친구와 나는 활화산이 많은 지역의 온천 리조트로 숙소를 옮겼다.

"동양에서도 온천으로 온갖 병을 치료하잖아. 여기서 묵다 보면 좋아질 거야!"

친구의 위로가 무색하게도 다음 날 아침 거울에 비친 내 모습을 보고 뒤로 나자빠질 뻔했다. 눈두덩은 콩알 하나 들어앉은 것처럼 볼록 솟아올랐고 광대뼈 부위까지 기분 나쁜 통증이 번졌다. 동네 약국에서 받은 약은 거의 떨어졌고 며칠 후면 배를 타고 오지로 더 들어가야 하는 상황이었다. 엽서를 세워놓은 듯 완벽한 자태의 아레날 화산이 코앞에 있는데 이게 무슨 일이람.

땅이 꺼져라 터져 나오는 내 깊은 한숨에 곁에 앉은 친구도 발을 동동 굴렀다. 그녀에게도 이 상황은 날벼락일 터였다. 오로지 나 하나 믿고 이름도 낯선 나라까지 따라왔으니 황당할 밖에.

태국에서 만난 루드라의 말이 다시 떠올랐다. 오랫동안 정신이 멋대로 이용하고는 실망감을 줬기 때문에 분명 몸이 반항하는 순간이 올 거라고. 그의 말대로라면 이 혹이 지난 몇 년간 내 몸을 혹사시킨 대가라는 걸까. 모든 시간과 에너지를 온전히 투자해 몸과 마음이 원하는 대로 살려고 발버둥친 쿠바에서의 시간은 충분하지 않았던 걸까? 아니면 격무에 시달리던 사람이 휴가를 얻으면 병이 나는 것과 같은 이치로 참고 있던 몸이 슬슬 폭발하는 시점이 온 걸까.

코스타리카가 중남미 국가치고 경제나 의료 수준이 괜찮은 편이라 해도 이곳에서 치료한다는 건 영 내키지 않았다. 혹시라도 한참 남은 여행을 다 포기해야 하면 어떡하지? 근심 걱정으로 머리가 폭발하기 일보 직전, 문자가 도착했다. 의사 자문을 부탁해두었던 코스타리카 친구였다.

'산호세의 가장 좋은 병원에서 일하는 의사한테 사진을 보내줬더니 염증 부위가 뇌 신경을 건드릴 수 있는 위험한 위치여서 절대 손대지 말고 얼른 와서 치료받아야 한다는데?'

결국 원하지 않았던 상황이 벌어지고 말았다. 아무리 임기응변에 강한 나라고 해도 이건 최악의 시나리오가 아닐 수 없었다. 나는 묵묵히 트렁크를 채웠고, 친구는 실연당한 사람처럼 창문 앞에 넋을 놓고 앉아 있었다. 아무리 머리를 굴려봐도 다른 방법이 없고, 아무리 긍정적으로 생각하려고 노력해도 소용이 없었다.

친구를 혼자 남겨두고 피난이라도 가듯 황급히 차에 오른 후 해 질 녘에야 산호세에 도착했다.

다음 날, 아침이 밝자마자 추천받은 병원으로 향했다. 유치한 헤어스타일, 요란한 양말, 눈이 부실 정도로 번쩍이는 금반지, 모든 면에서 왠지 믿음이 가지 않는 타입의 의사가 나를 맞았다.

"여기 오기 전에 쿠바에 있었다고 했죠?"

"네."

"혹시 거기서 돼지고기를 먹었나요?"

"네, 맞아요. 그런데 그게 왜요?"

"돼지고기에만 있는 균이 있는데 그게 원인이 되어 생긴 종기 같아요. 위생 상태가 좋지 않은 쿠바에서 여행하다 보면 흔히 생기는 일이죠. 이 경우 치료가 간단하지 않고 전신마취 수술에 최소 2주는 입원을 해야 합니다. 날짜를 언제로 잡아드릴까요?"

의사가 너무 자신만만한 태도로 수술이 불가피하다고 겁을
주니 얼떨결에 앉은자리에서 날을 잡고 호텔로 돌아왔다.
이게 무슨 마른하늘에 날벼락인지. 전신마취 수술이란 말
에 도무지 진정이 되지 않았다. 커피 한 잔을 마시며 고민에
빠져 있는데 또 다른 친구에게서 전화가 왔다. 그녀의 한마
디에 집 나갔던 정신이 되돌아왔다.

"미나, 어쩌다 그런 일이……. 내가 유럽에 출장을 와 있어
서 연락이 늦었어. 그런데 절대 그렇게 수술하면 안 돼! 내
가 명의로 소문난 안과 선생님을 아는데 그곳에 한번 가봐.
기자의 촉으로 볼 때, 네가 오늘 만난 사람은 돌팔이에 사기
꾼 같아! 알았지?"

기다리면 곧

지나갈 일들

인생은 선택의 연속이라고들 한다. 어차피 맞을 매면 얼른 맞고 말 것인가, 더 오래 끌다 맞을 것인가, 둘 중 하나를 고르라면 당연히 전자를 택하겠지만, 아예 매를 안 맞아도 되는 옵션이 있으면 얼마나 좋을까. 그러나 '내 맘에 쏙 드는 선택지'가 주어지는 경우는 잘 없다. 원하지 않는 선택지만 있거나, 뭘 택해도 결과가 좋지 않을 것이 뻔하거나. 도저히 가늠할 수 없는 결과들을 예측해가며 모험을 해야 하고 되돌이킬 방법이 없는 일이 적지 않다.

두 번째 친구가 추천한 선생님은 짙은 눈썹에 큰 눈, 전형적인 남미인의 외모를 지녔지만 티베트 승려 뺨칠 만큼 차분한 태도가 인상적인 분이었다. 그가 내 눈을 들여다보는 동안 나는 아침에 간 병원에서 들은 얘기의 진위 여부를 확인하기 위해 입을 쉬지 않았다. 그러거나 말거나 묵묵히 진찰을 마친 그는 나지막하나 단호한 목소리로 말했다.

"전신마취 수술이요? 말도 안 돼요. 이건 그냥 전형적인 다래끼예요. 그 의사가 뭔가를 크게 착각했거나 욕심이 과했네요. 자, 제가 두 가지 옵션을 드릴게요. 첫째, 지금 수술한다. 둘째, 약을 넣어 크기를 줄인 후 서울에 가서 수술한다. 한마디로 지금 떼어내느냐, 아니면 좁쌀 같은 거 눈에 달고 다니다 집에 돌아가서 떼느냐 둘 중 하나입니다. 분명한 건 수술은 필수라는 거, 아주 많이 아플 거라는 거, 하지만 1분이면 끝난다는 거예요. 어떻게 하실래요?"

결국 수술 없이는 해결이 안 된다는 얘기. 다래끼가 나기 전으로는 돌아갈 수 없으니 내게는 선택의 여지가 없는 것이나 다름없었다. 피할 수 있다면 좋았겠지만 이미 벌어져 돌이킬 수 없는 일들이 살다 보면 있다. 미래를 안다면 누가 잘못된 선택을 하고 어리석은 행동을 하겠는가. 그러니 과거의 내 결정이나 행보에 대해 자책해봤자 시간과 에너지만 낭비될 뿐 전혀 도움 되는 건 없다. 이럴 때는 그냥 빨리 현실을 받아들이고 그 상황에서 최선의 선택을 하는 것이 인생의 섭리다.

다래끼 하나 갖고 인생의 섭리 운운하는 게 과해 보일지 모른다. 그러나 나는 아주 사소한 일에서 가장 위대한 깨달음을 얻기도 하고, 아주 작은 신호들을 잘 해석하는 사람이 지혜를 얻는다고 믿는다. 인간의 기억 저장고엔 수많은 기억이 얽혀 있는데 가끔은 별거 아닌 사건이나 만남이 단서가 되어 아주 오래전 일을 끄집어 올리기도 한다. 내게는 바로 이 다래끼 사건이 그랬다.

평생 같이 살기로 한 사람에게서 도저히 희망을 찾을 수 없어 중대한 결정을 내려야 했을 때, 잠깐 방심한 사이 소매치기를 당했을 때, 빗길에 무리하게 자전거를 타다 넘어져 무릎에 지울 수 없는 흉이 남게 되었을 때, 애초에 왜 그런 짓을 했을까를 아무리 곱씹어본들 소용없었다. 과거에 매몰

된 생각들을 거두고 앞을 보고 나아가는 편이, 후회할 시간에 최대한 빨리 뿌리를 뽑아버리는 편이 나았다.

난데없는 다래끼 소동은 내가 인생의 아픈 일들을 통해 얻었던 교훈들을 다시 한 번 상기해줬다. 고통을 잘 참아내면 언젠가는 끝난다는 것, 과거로 돌아갈 수는 없지만 잘못된 부분을 수정하고 잠시 기다리면 다시 원점에 가까운 지점으로 돌아갈 수 있다는 것, 결코 어떤 실패도 거기서 끝이 아니며, 지나고 보면 별거 아닌 삶의 과정일 뿐이라는 것.

아직 마음의 준비가 안 됐다는 핑계로 일단은 수술을 보류하고 거리로 나섰다. 하늘은 이보다 더 높고 푸를 수가 없었다. 미국 서부 도시를 연상시키는 산호세의 거리가 낯설면서도 익숙했다. 나는 딱히 방향을 정하지 않고 걷기 시작했다. 머리가 복잡할 때나 기분이 울적할 때, 걷기는 최고의 치료제다. 우울감이 사라지고 마음이 환기되며 새로운 아이디어가 떠오르기도 하고, 어려운 결정을 해야 할 때도 도움이 된다. 이 순간의 나에게는 그 어떤 신경안정제보다도 효과적인 치료제였다. 한참을 걷고 나니 마음이 한결 가벼워졌다. 다 잘될 것이라는 긍정적인 마음이 샘솟았다.

진료실로 들어가자 의사는 다시 올 줄 알았다는 듯 회심의 미소를 지었다. 그는 "많이 아플까요?" 같은 내 멍청한 질문 따위는 무시하고 바로 본연의 업무에 착수했다. 떠올리기도 싫은 그날의 수술은 의사가 경고한 대로 정말 끔찍하게 아팠고 순식간에 끝났다. 그렇게까지 심하게 눈을 건드려놓았는데 후속 치료 없이 멀쩡히 생활할 수 있다는 게 믿어지지 않았지만, 의사는 다시 자기를 보러 올 일은 없을 테니 남은 여행이나 잘하라며 안약 하나를 처방해줬다.

다음 날, 붕대를 풀자 새로운 세상이 열렸다. 아레날 화산 근처에 홀로 남겨진 친구에게 이 기쁜 소식을 알리고 다음 행선지에서 만나기로 했다. 나는 육로로 한 시간 반, 배로 한 시간 반, 다시 육로로 한 시간 이상을 가야 하는 코스였고 그녀는 버스를 타고 무려 여섯 시간을 달려야 하는 코스였다. 꽤 험난한 여정이었지만 말 그대로 혹을 떼어내고 나니 말할 수 없이 홀가분해져서 어디라도 갈 수 있을 것 같았다.

해가 한창 뜨거운 오후 1시 무렵, 항구를 떠나는 뱃머리에 앉아 눈을 감고 바다 내음과 바람을 느꼈다. 그리고 이제 겨우 진정된 내 몸을 마음으로 달랬다.

더는 너를 이용해서 내 욕심을 채우지 않을게.

널 진심으로 아껴줄게.

아무런 조건 없이.

잘못된 부분을 수정하고 잠시 기다리면

다시 원점에 가까운 지점으로 돌아갈 수 있다는 것,

어떤 실패도 지나고 보면 별거 아닌 삶의 과정일 뿐이라는 것.

젊음이
손가락 사이로 빠져나갈지라도

'과연 내가 여기서 기죽지 않고 잘 지낼 수 있을까? 어쩜 저렇게 하나같이 팔등신 마네킹이지?'
그야말로 산 넘고 물 건너 찾아간 바닷가 마을. 다행히 숙소에 잘 도착해 있던 친구와 감동의 상봉을 하고, 이튿날부터 기대해 마지않던 히피촌에서의 삶이 시작되었다. 마침 건기를 맞은 이곳은 사막 한가운데라 해도 믿을 정도로 온통 하얀 가루를 뒤집어쓰고 있어 마치 신기루 속 세상 같았다. 코와 입을 두건으로 가린 채 웃통을 벗고 ATV를 몰며 거리를 활보하는 히피들, 서핑보드를 들고 어디론가 걸어가는 맨발의 청년들, 하늘 높이 솟은 야자수들 사이사이 그림처럼 예쁘고 소박한 호텔과 요가 센터, 채식주의 식당, 마사지 숍⋯⋯. 눈 닿는 모든 풍경이 이국적인 데다, 팔등신의 완벽한 몸매와 구릿빛 피부를 자랑하는 남녀들이 뿌연 모래바람과 함께 지나갈 때면 마치 영화의 한 장면을 보는 것 같았다. 친구와 내가 찾아간 '산타 테레사'는 서양의 젊은 히피들 사이에 요가와 서핑의 성지로 알려진 마을이었다. 온갖 전설과 미신이 넘쳐나는 남미라 그런지 어딘가 모르게 신비로운 느낌도 풍겼다. 게다가 수영복 하나 걸쳤을 뿐인데 압도적인 건강미와 쿨한 매력으로 시선을 끄는 청춘들이 가득해 생동감이 넘쳐났다.

우리는 짐을 풀자마자 미리 점찍어둔 서핑학교를 찾아갔다. 학교라고는 하지만 별다른 것은 없고 모래사장 위에 서핑보드를 간판 삼아 하나 세워놓은 것이 다였다. 온몸에 문신이 있고 코에 서너 개의 피어싱을 한 청년들이 모여 앉아 카드놀이를 하고 있었다. 길고 긴 여정에 녹초가 된 우리는 일광욕이나 즐길 요량으로 해변으로 향했다. 그러고는 그대로 바닷가 모래사장 위에 시체처럼 뻗어버렸다.

"이건 뭐 힐링 여행이 아니라 극기 훈련이네. 난데없는 수술에, 그 길고 험한 길을 뚫고 와서는 이제 저 무서울 것 없는 20대 근육남들과 서핑이라니."

사서 고생을 하는 이 상황이 너무 우스워 우리는 눈물까지 닦아가며 한참 웃었다. 정말이지 너무 무리한 미션 수행에 욕심을 내고 있는 게 아닐까. 파라솔 아래 누워 파도에 발목이나 담그고 칵테일이나 한 잔 마셔야 하는 나이 아닐까. 이런 곳에 와서까지 나이 타령을 하고 싶지는 않았는데 결국 그 생각이 비집고 나왔다.

늙는 것에 초연한 사람이 있을까. 피해갈 도리 없는 순리이지만 그걸 마음으로 받아들이는 것은 별개의 문제다. '내 주관대로 사는 삶'을 지향했지만 나 역시 나이 먹는 일에 민감해질 때가 많다. 언제부터인가 거울 속 내가 못나 보이고, 어쩌다 밤샘 작업이라도 하면 다음 날 사경을 헤매고, 능력 있고 파릇파릇한 후배들을 보면 부러운 마음도 든다. 젊음이란 것이 모래알처럼 손가락 사이로 스르륵 빠져나가는 것만 같아 묘한 서글픔이 느껴질 때가 있다. 하지만 이내 마음을 다잡는다. 시간을 거꾸로 돌리지는 못해도 생각을 달리하면 내게 주어진 젊음과 에너지, 육신의 잠재력을 최대한 길게 쓸 수 있지 않을까. 나이 들수록 절감하는 것 중 하나는 체력이 떨어지느니 차라리 주름이 생기는 게 낫다는 거다. 체력이 떨어지면 자신감까지 흔들리기 때문에, 피부 관리보다 운동이 백배는 중요하다. 내게 체력을 키운다는 건 곧 세월도 이겨낼 당당한 자신감을 갖는 것이다.

서핑을 배우기로 마음먹은 것도 그 때문이었다. 바다를 무척 좋아하기도 하고, 싱그러움과 젊음의 상징인 서핑을 하다 보면 그동안 배신감을 느꼈다는 내 몸에게 좋은 선물이 될 것 같았다. 또 이 아름다운 히피마을에서라면 중간에 포기한다 해도 후회는 덜 할 것 같았다. 오는 길이 하도 험난해 몸이 힘들어지니 자신감이 스멀스멀 자취를 감추려고 했지만, 그렇다고 시작도 않고 포기할 수는 없었다. 흉내만 낸들 어떠랴. 여행을 떠나기 전 아무것도 하고 싶지 않은 무기력증에 괴로웠던 날들을 생각하면 무언가를 새롭게 배우고 싶은 마음이 생겼다는 것만으로 감사한 일이었다.

나이를 핑계로 슬그머니 한계를 지으려 하는 것 자체가 아직도 정신이 날 지배한다는 증거일지 몰랐다. '내 몸은 아직 그늘에 누워 있기보다 작열하는 태양 아래 노는 것을 원해'라는 마음의 소리를 일단 따라보기로 했다.

누구도 내 보드에
대신 올라탈 수 없다

"세상 어떤 일도 결국 본인이 깨닫고 체득하지 않으면 안 되는 것처럼, 서핑도 마찬가지예요. 보드에 올라타는 건 강사가 대신 해줄 수 없거든."

나를 담당하게 된 강사는 베네수엘라 출신의 '뻬드로'라는 친구였다. 두 살 때부터 나무판자 하나 들고 바다에 들어가 파도타기를 배웠다는 믿기 힘든 이야기를 들려주었다. 탐스러운 장발에 구릿빛 피부를 지닌 미남이라 바닷가에 서 있기만 해도 화보 같았지만 자기 외모나 돈 버는 일에는 도통 관심이 없었다. 오로지 서핑과 환경 문제에만 정신이 팔려 있는, 수영복이 패션의 전부인 데다 술도 담배도 육식도 안 하지만 마리화나와 기타 소리에 취해 사는 전형적인 히피였다.

아침 해가 등을 따갑게 때리는 시각, 내 생애 첫 서핑 수업이 시작됐다. 뻬드로는 모래 위에 서핑보드를 그렸고, 우리는 그 앞에 쪼그리고 앉아 그의 열띤 이론 수업을 들었다.

"내가 가르쳐줄 것은 더 이상 없어요. 지금까지 설명한 파도와 바람의 상관관계, 기본 안전수칙, 균형 잡기의 원리까지가 강사가 알려줄 내용이고 나머지는 본인이 직접 체득해야 하는 거죠. 세상 모든 일이 그렇지 않나요? 선생이 지식을 억지로 머릿속에 넣어줄 수는 없잖아요. 서핑도 똑같아요. 내 역할은 끝났어요. 보드 위에 올라가 파도를 느끼고 바다와 호흡하는 법을 온몸으로 배우는 건 이제 본인들이 할 수밖에요. 자, 바다로 들어가볼까요?"

그의 말이 맞다. 인생은 결국 자기가 살아내야 하는 것. 구슬이 서 말이어도 꿰어야 보배란 말도 있듯 이론은 어디까

지나 이론일 뿐 실전과는 별개다. 아무리 많은 걸 배우고 안다 한들 직접 겪어내지 않으면 무의미하고, 좋은 스승과 부모가 있어도 그들이 내 인생을 대신 살아줄 수는 없다. 또 모든 파도가 다르기에 보드에 올라타야 하는 타이밍과 자세도 매번 다를 수밖에 없으며 그것은 오로지 서퍼가 스스로 판단해야 하는 일인 것이다. 물론 그 판단에 따른 결과와 책임도 모두 서퍼의 몫이다.

첫 서핑 실습은 워낙 얕은 바다에서 하다 보니 생각보다 짠물도 덜 들이켰고 잠깐이나마 보드 위에 올라서는 짜릿한 경험까지 할 수 있었다. 문제는 다음 날부터였다. 이제 모험을 해볼 수 있겠다고 생각한 뻬드로가 매 수업마다 조금씩 더 깊은 바다로 나를 데리고 들어가기 시작한 것이다.

첫날은 오히려 보드 위에 올라서는 게 쉬웠는데 날이 갈수록 물에 빠지는 횟수가 많아지고 겁이 나더니 급기야는 보드에 머리를 부딪히는 사고가 나고 말았다. 의욕을 완전히 상실한 채 모래밭에 주저앉아 반나절을 허비했는데 그동안 고생한 게 억울해 그대로 포기할 수가 없었다. 결국 나는 같은 날 오후 다시 물속으로 뛰어들었다. 파도를 거슬러 패들링을 하는 사이 뻬드로는 나를 따라 바다 깊은 곳을 향해 헤엄을 쳤다. 얼굴에 물벼락을 맞는 것도 아랑곳 않고 악을 써대는 그의 모습은 감동적이기까지 했다.

"넌 할 수 있어, 미나. 모래사장 위에서 연습한 거나, 첫날 보드 위에 선 거랑 다를 게 하나도 없는데 네 머릿속에서 여긴 더 깊은 바다고 더 큰 파도를 타야 하니 어려울 거라고 생각하기 때문에 실패하는 거야. 너 스스로 한계를 만들고 있단 말이야. 알겠지? 명심해, 넌 할 수 있어. 널 가로막는 네 안의 두려움에 굴복하지 마."

정말 그런 걸까? 나를 가로막고 있는 건 나란 말이지. 나는 뻬드로의 파도 속 외침을 믿어보기로 했다. 보드 위에 올라 완벽하게 균형을 잡는 내 모습을 그리며 더욱 힘차게 패들링을 했고 파도가 얼굴을 때릴 때마다 더 크게 눈을 부릅뜨려 있는 힘을 다했다. 바로 그때였다.

"미나, 저기 보이는 저 파도 있지? 저걸 타는 거야, 오케이? 자, 곧 방향을 돌려야 해. 지금이야, 어서!"

그래, 할 수 있어. 나는 한 치의 망설임도 없이 온 힘을 다해

보드의 방향을 틀고는 그 위에 올라섰다. 머릿속으로는 계속해서 능숙하게 파도를 타는 내 모습을 그리고 또 그리면서. 그리고 잠시 뒤, 나는 정말 내가 상상한 모습 그대로 보드 위에 올라서서 해변까지 파도를 타고 달렸다. 상상한 일이 실제로 벌어지다니! 이 순간의 짜릿함은 지금도 잊을 수 없다.

몸의 한계를 넘어보고자 선택한 서핑은 내게 생각지 못한 깨달음을 주었다. 남이 대신 올라타줄 수 없다는 것, 자세를 낮출수록 균형 잡기가 쉽다는 것, 바람과 달의 위치, 바다의 상태를 고려하고 존중하지 않으면 위험해질 수 있다는 것, 보드 위에서 얼마나 오래 버티느냐보다 중요한 건 파도를 기다리며 물 위에 서 있을 때 눈앞에 펼쳐진 세상의 아름다움을 만끽하는 일이란 것. 무엇보다 절묘한 건 타이밍. 아무 파도나 올라타서도 안 되지만 이거다 싶을 때는 주저 없이 행동에 옮겨야 하고, 그냥 지나쳐야 할 때와 미련 없이 바다에 몸을 던져야 하는 때를 알아야 한다.
지금의 나는 인생에서 어떤 타이밍에 서 있는 걸까. 적절한 타이밍에 보드에서 내려온 걸까, 아니면 내게 맞는 잔잔한 파도를 타고 있는 걸까. 그렇다면 언제쯤 내려가야 하고, 앞으로는 또 어떤 파도를 기다려야 할까. 아직은 모를 일이다.

남이 대신 올라타줄 수 없다는 것.

자세를 낮출수록 균형 잡기가 쉽다는 것.

———————

얼마나 오래 버티느냐보다 중요한 건 세상의 아름다움을
만끽하는 일이란 것.

마음의 속도를
존중하는 법

나는 놀라울 정도로 빨리 히피의 삶에 적응했다. 옷의 대부분은 트렁크에 담아둔 채로 비키니와 요가복만으로 생활했고 꼭 필요한 때가 아니면 신발도 신지 않았다. 처음엔 발바닥이 아파 자지러질 것 같더니 맨발로 자꾸 흙을 밟으니 신기하게도 굳은살이 없어지고 땅의 감촉을 즐기게 되었다.

의식주만 겨우 가능한 원시적 환경 속에 남겨지고 나니 비로소 깨달았다. 인생에서 꼭 필요하다고 믿었던 것들의 상당수가 실은 잉여물에 지나지 않았음을. 물건에 국한된 얘기가 아니다. 인간관계, 시간도 마찬가지다. 1분, 1초를 쪼개 써도 늘 시간에 쫓겼던 이유는 절대적인 시간이 부족해서가 아니라 무의미한 일이나 관계에 시간을 허비하기 때문이었다.

이런 소소한 깨달음과 변화의 나날이 이어지던 어느 햇살 좋은 아침이었다. 브런치를 먹으러 들른 식당에서 옆자리에 앉은 미국 여행객들의 대화를 우연히 엿듣게 되었다.

"진짜 소문대로더라. 그 요가 수업 덕에 이번 여행이 더 완벽해졌어."

"내년에 또 오자, 우리. 정말 그런 강사는 처음 봐."

몹시 궁금해진 나는 참지 못하고 그들의 대화에 끼어들었다.

"실례지만, 저도 좋은 요가 수업을 찾고 있는데 그 대단한 분이 누구신가요?"

그렇게 해서 스테파노를 알게 되었다. 그녀들의 말에 의하면 그는 '전설의 요기'로 소문이 자자한 인물이었다.

바로 다음 날, 나는 친구와 함께 그의 요가 수업에 참가했다. 코앞에서 파도가 부서지는 바닷가 오픈 데크에 모여든 심상치 않은 포스의 남녀들. 그 틈을 뚫고 한쪽 구석에 매트를 깔고 있는데 친구가 옆구리를 찔러댔다.

"왔다, 왔어! 세상에, 저 포스 좀 봐, 보기만 해도 기죽는다."

검정색 숏팬츠 요가복 하나를 달랑 걸친 순도 백 퍼센트의 근육남. 내가 본 그의 첫 모습을 적나라하게 표현하자면 이렇게 말할 수 있겠다. '오랜 시간 단련한 몸이란 이런 것이다'를 보여주는 듯한 그는 매트 위에 가부좌를 틀고 앉더니 귀밑까지 늘어진 짙은 갈색의 곱슬머리를 정성스레 눌러 정리하고 한 치의 오차도 없이 정확한 시각에 수업을 시작했다.

"제 이름은 스테파노이고요, 오늘 우리는 두 시간 동안 요가 수련을 하게 될 겁니다. 간혹 여기 와서 다른 사람과 경쟁하느라 무리한 동작을 하는 사람들이 있는데, 난 그런 것을 용납 못 합니다. 요가의 정신은 그와는 정반대, 즉 있는 그대로의 자기 모습을 받아들이고 사랑하는 것이기 때문이지요. 그러니 남들과 비교해가면서 근육을 다지고 예쁜 몸매를 만들고 싶은 분들은 지금이라도 나가서 피트니스 클럽을 가세요. 진지하게 하는 말입니다. 아무도 없나요? 자, 그럼 모두 자리에서 일어나세요."

수업은 듣던 대로 만족스러웠다. 강사의 실력은 물론이고 참가자들의 뜨거운 열정이 더해져 분위기는 그야말로 후끈했다. 고무찰흙처럼 자유자재로 붙고 접히고 비틀어지는 그의 몸은 비현실적으로 유연했고, 이탈리아 사람 특유의 강한 억양이 코믹하긴 했지만 그가 전하는 메시지에는 깊은 울림이 있었다.

"몸의 주인은 마음이지만, 마음의 스승은 몸이라고도 하지 않습니까. 그렇다면 몸이 곧 나일까요, 마음이 곧 나일까요? 나 자신을 만난다는 것은 뭘 의미할까요? 요가의 세계에서는 나를 만난다는 것이 내 호흡을, 즉 지금 현재의 순간을 오롯이 느낀다는 것을 뜻하지요. 지금 바로 여기에 몸과 마음, 정신이 모두 함께 머무는 것 말입니다. 많은 사람이 몸은 여기 두고 정신과 마음은 다른 곳을 헤매는 상태로 살지요. 당신의 마음과 정신은 어떤가요? 당신 몸과 함께 지금 여기 있습니까?"

시작부터 제대로 한방 얻어맞은 기분이 들었다. 꽤 오랜 시간 제각각의 속도로 살았던 내 몸, 마음 그리고 정신. 정신은 저만치 미친 듯 질주하고 마음은 한참 뒤처져 따라오지 못하는 상태로 살아온 터라 마치 나를 겨냥한 듯한 스테파노의 예리한 질문은 가슴 정중앙에 사정없이 꽂혔다.

수십 년간 전속력으로 질주해온 나. 그사이 제대로 돌아보지 못한 내 마음은 어떤 상태일까? 형편없이 너덜너덜해져 있을까? 내 몸과 마음, 정신이 함께 머물렀던 때가 있다면 과연 언제였을까? 어떻게 하면 모두 한자리에 있을 수 있나?

"온몸 구석구석으로 산소가 운반되는 걸 느껴보세요. 그걸 통해서 자기 자신과의 연결점을 찾는 거지요."

스테파노의 지론은 이렇다. 정신, 몸, 마음이 균형 잡힌 행복을 얻으려면 우선 그 세 아이가 한자리에 있어야 한다. 사이좋게 함께 걸어나가야 한다. 마음에게는 정신을 따라갈 시간이 필요하고, 정신은 마음의 속도를 존중해줘야 한다. 그 중심에 몸이 있다. 그리고 깊은 호흡을 통해 그 몸과 마음, 정신을 연결하는 것이 요가다. 그렇게 내 숨의 움직임을 세밀하게 인식함으로써 과거의 기억이나 미래 어느 곳이 아닌 '지금'에 그 셋이 완전하게 머물 수 있을 때 비로소 진정으로 평화로운 상태에 들어설 수 있게 된다는 것이다.

나는 최선을 다해 내 몸을 관통하는 숨결을 느껴보려 애썼다. 다시는 오지 않을 바로 그 시간, 그 공간에서 들려오는 모든 소리에 귀 기울이고 호흡에 집중하면서, 동작이 바뀔 때마다 모든 신경과 세포가 살아 있음을 나 스스로 의식할 수 있는지 관찰해보았다. 정신이 앞서나가지 않도록 주의 깊게 지켜보면서, 마음을 향해 최대한 다정하게 다가가 자리를 내주려 애쓰면서.

처음엔 도무지 무엇을 어떻게 해야 하는지 알 수가 없었는데, 점차 안개가 걷히듯 내 호흡이 또렷이 의식되면서 조금씩 느낌이 오기 시작했다. 그러다 정말 신기한 체험을 했다. 외부의 세상에 촉각을 곤두세우고 달리는 일상 중에는 존재감을 느끼기 힘들었던 '나'를 아주 세밀하게 느낄 수 있었다. 파도 소리를 들으며 여러 사람과 섞여서 어려운 동작을 따라 하느라 신경을 곤두세우고 있는데, 정신이 분산되는 대신 내면의 상태와 내 몸의 세포 하나하나에 더 집중하게 되다니.

모든 연결 동작을 마무리한 다음엔 사바사나(바닥에 누워 온몸을 이완하는 요가의 마지막 동작)를 하기 위해 바닥에 누워 눈을 감았다. 정수리부터 발가락까지 번지는 적당한 피로감, 활짝 열린 채 땀방울을 머금은 온몸의 숨구멍, 코앞의 바다에서 불어와 전신을 훑어내리는 바람, 열대 정글 새들의 지저귐, 가슴까지 차오르는 묵직하고 따스한 느낌. 충만함과 만족감. 행복했다.

마음이 현재에 머문다는 것이 이런 걸까. 참으로 오랜만에 느껴보는 기분. 내 안에 내 존재감이 가득 채워진 듯한, 표현하기 힘들 정도로 충만한 느낌. 누운 채로 마음, 몸, 정신에게 차례차례 말을 걸었다. 이제부터 너의 존재를 항상 기억할게. 더는 외롭지 않게 해줄게. 함께 머물러줘서 고마워.

수업을 마치고 나오며 친구와 나는 아무 말 없이 서로 마주 보았다. 그녀의 얼굴에는 굳이 설명하지 않아도 충분히 알 수 있는 미소가 어려 있었다. 별의별 우여곡절을 겪으며 먼 거리를 왔지만 그럴 만한 가치가 있었다는 확신에 찬 미소. 아마 내 얼굴도 그와 같았을 것이다.

많은 사람이 몸은 여기 두고

정신과 마음은 다른 곳을 헤매는 상태로 살아요.

━━━━━━━━

당신의 마음과 정신은 어떤가요?

지금 여기 함께 있나요?

음미하는

삶

생활이 단순해지면 머릿속도 깨끗해진다.

적게 소유할수록 근심도 줄어든다.

우리 마음에 충만한 기쁨을 안겨주는 일들은

의외로 사소한 것들이다.

히피들의 마을에서 산다는 건 일상 곳곳에 이런 깨달음이

녹아 있음을 의미한다. 아무도 가르쳐주는 사람 없고 특별

한 사건이 벌어지지 않아도 여러 철학적 의문과 해답이 저

절로 마음속에 싹트게 하는 신기한 동네. 1960년대 미국 샌프란시스코가 라틴아메리카에 부활한다면 흡사 이런 모습일까?

아침 파도에 몸을 던져 서핑을 하거나 수영복 차림으로 해변을 걷는 것이 일상이고, 직장이나 나이, 국적과는 상관없이 친구를 맺고, 며칠 씻지 않은 채 맨발로 마트나 식당에 가도 뭐라 할 사람 없고, 시도 때도 없이 기타 소리가 들리고, 성공 운운하는 사람들을 비웃기라도 하듯 적게 벌고 조금 쓰며 느릿한 속도에 맞춰 살고, 파파야와 아보카도, 코코넛이 넘쳐나고, 다람쥐와 이구아나, 카푸치노 원숭이를 앞마당에서 보는 것이 지극히 자연스러운 삶. 특히 매일 이곳의 석양을 감상하는 기쁨을 누린다면 하루 한 번 평온한 30분을 나를 위해 할애하는 게 얼마나 근사한 일인지 알게 될 것이다.

처음엔 그저 꿈만 같다가, 그다음엔 물 위에 동동 떠 있는 기름처럼 영 이곳에 어울리지 않는 이방인이 된 기분이다가, 시간이 좀 더 흐르니 문명에서 멀어져 자연에 가까워지는 것이 얼마나 큰 편안함을 주는지 알게 되었고 급기야 이제 아예 여기 눌러살 수도 있겠다는 생각마저 들었다.

디지털노마드가 되어 욜로의 삶을 실천하는 자유 영혼들과
섞여 살면서 가장 부러운 것은 바로 '시간'이다. 정확히 말
하면 그들이 시간을 대하는 태도다. 대부분의 현대인은 결
코 시간을 잡아둘 수 없다는 걸 알면서도 그 시간을 희생해
물질적 대가를 선택하며 살아간다. 아마 많은 사람이 '시간
과 돈, 둘 중 뭘 선택할래?'라는 질문을 받으면 선뜻 선택하
지 못할 것이다. 평범한 도시 생활인들은 속수무책으로 흘
려보내는 인생의 소중한 순간들을, 이 마을의 히피들은 잘
근잘근 씹어가며 음미하는 듯했다.

이곳에서 알게 된 남아프리카 공화국 출신의 동갑내기 친구
가 있다. 빨간 머리 아가씨 타리나는 코스타리카 생활 7년
차에 접어든 필라테스 강사로 엄청나게 활발한 성격의 골
드미스다. 스페인어도 못하는 그녀가 이 먼 곳까지, 게다가
이런 깡촌에 와 살게 된 연유는 이렇다.
"난 원래 요하네스버그에서 태어나 줄곧 그곳에서 살았는

데 대학 졸업 후 영국으로 사는 곳을 옮겼어. 남아공은 끝내주는 자연이 있는 반면 문명과 너무 동떨어진 곳이라 젊은 나에겐 답답했거든. 유럽에서 좋은 직장에 다니며 돈도 벌고 싶었지. 그래서 런던에서 새 인생을 시작했는데 그 당시 사귀던 남자 친구의 엄마 때문에 충격을 받았어."

"남자 친구의 엄마? 왜? 무슨 일로?"

"남친 엄마랑 친했는데, 내가 컨설팅 회사를 다니면서 밤낮 없이 일만 하니까 친딸처럼 안타까워하면서 충고를 하시더라고."

그 충고는 대강 이런 내용이었다.

"인간을 왜 '휴먼 빙'이라고 하는지 아니? 'being', 존재하는 것만으로도 충분하다는 거야. 근데 넌 그거로는 부족해서 자꾸 뭔가를 손에 더 넣어야 한다는 듯이 살잖아. 네 삶엔 너무 여백이 없어. 잠시 쉬면서 너의 존재를 음미할 틈이 없으니 늘 허기가 지겠지. 우린 '휴먼 워킹'이 아니라 '휴먼 빙'이란 말이야. 그렇게 발버둥 치지 않고 자신의 존재 안에서 의미를 찾을 때 진짜 행복해질 수 있단다."

분명 흥미진진한 얘기였지만 선뜻 이해되지는 않았다.

"그래서 여길 왔다고?"

"정신이 번쩍 났거든. 그러고는 회의감이 들었어. 미래에 대한 막연한 희망 때문에 정작 앞에 있을 때 즐기지 못하고 지나쳐버린 나의 수많은 현재들에 마음 아팠어. 그러다 남친이랑 헤어지게 되었고 한동안 집에 틀어박혀 나와 시간, 나와 돈, 나와 내 자아, 나와 내 인생의 관계에 대한 깊은 고민을 했지. 고민의 결론은, 내가 행복하기 위해 필요한 건 많은 돈이나 으리으리한 회사의 명함이 아니라 아름다운 해변과 따뜻한 날씨, 비슷한 가치관을 가진 친구들, 그리고 나를 위한 시간이라는 거였어.

영국의 제법 잘나가는 마케팅 회사 팀장이었는데, 지금 와 돌아보면 그 당시 나의 삶은 난센스에 가까워. 잠잘 시간, 먹을 시간, 개인적인 즐거움을 위한 시간을 아껴가며 일을 해서 많은 돈을 벌고, 그 돈으로 비싼 집세를 내고 차를 굴리는 일을 쳇바퀴처럼 반복했던 거야. 그 시절 내 행복의 기준은 연봉, 직장의 명성, 직위, 아파트가 위치한 동네, 핸드백과 옷의 브랜드, 그런 거였지. 런던의 화려한 생활을 접고 여기 와서 하루에 두 시간씩 필라테스를 가르치며 사는데

적게 벌어도 충분해. 쓸 일이 없거든. 또 런던에서는 상상도
못 했던 많은 시간과 완전한 자유를 얻었어. 내 선택에 아주
만족해. 어때? 이 정도면 새로운 삶을 선택할 충분한 이유
아닌가."

정말이지 박수라도 쳐주고 싶은 얘기였다.
흥미로운 건 타리나가 평화를 발견했다는 이 마을에서도
시간에 쫓기며 살아가는 사람들이 있다는 사실이다. 이곳
에서 비로소 평화로운 삶을 찾았다는 사람도 많았지만, 엎
드리면 코 닿을 거리에 있는 해변에 석양 보러 갈 시간도 없
이 페달을 밟으며 사는 이들도 존재했다. 그렇게 '시간이 없
다'는 사람들의 공통점은 소유한 것이 많다는 거였다. 그들
은 가진 것을 유지하기 위해 쉴 새 없이 계속 노를 저어야
했다. 자기를 위해 내어줄 시간이 없고, 어쩌다 석양을 보러
간다 해도 전화통을 붙들고 있기 일쑤였다.
처음엔 믿기지 않았다. 왠지 이런 히피들의 동네엔 일에 속
박되어 이끌려 다니는 인생이 없을 것 같았기 때문이다. 수
수하다 못해 허름한 옷차림으로 다니고, 개방적인 성관계

를 갖고, 친환경으로 재배한 식재료로 만든 슬로우푸드를 먹고, 아메라카식 물질문명에 빠지지 않고 무소유를 실천하며 느린 속도로 사는 사람들만 있을 줄 알았다. 하지만 그런 사상을 동경해 이 마을에 둥지를 틀고도 마음 한구석 욕심의 크기를 줄이지 못하면 결국 자본주의에 길들여진 도시인들과 똑같은 굴레를 짊어질 수밖에 없는 것이다.

결국 어디서 살고 얼마나 많은 돈을 버느냐는 중요하지 않다. 인생을 결정하는 건 자기 인생을 대하는 태도다. 행복에 대한 자신만의 기준이 무엇인지, 자기 삶의 어느 부분에서 욕심과 집착을 덜어내야 할지 아는 것.
생각이 여기까지 미치자 여행이 끝나는 날 너무 큰 아쉬움을 느끼지 않고 담담하게 돌아갈 수 있겠다는 자신감이 생겼다.
숨 막히게 아름다운 석양을 매일 감상하는 호사를 누리지는 못하더라도, 타리나처럼 과감하게 완전한 히피가 되지 못하더라도, 욕심을 적당히 덜어내며 시간과 자유를 확보하고 현재의 순간에 집중하며 모처럼 얻은 삶의 여백을 충분히 즐길 수 있다면 그럭저럭 괜찮은 인생일 거라는 확신이 생겼다. 중요한 건 타리나의 말처럼 나와 시간, 나와 인생, 나와 내 욕망의 관계를 어떻게 설정하느냐에 달린 것이었다.

3부

있는 그대로의
나를 받아들이기

내가 나 자신이 아니기를
바란 적이 있나요

처음엔 신세계를 발견한 줄 알았는데 부유한 히피들의 쿨한 동네 역시 결국 인간이 모여 사는 곳이었다. 이상향처럼 보이는 곳도 직접 생활하며 겪어보면 민낯을 보게 되는 법이다. 걱정이라고는 없을 것 같은 이곳 마을에도 온갖 탐욕과 시기, 해로운 중독, 스트레스와 갈등이 존재했다. 인간이란 결코 완전히 만족하는 법이 없으며, 자기도 모르게 끊임없이 문제를 찾는 존재인지도 모른다. 아무리 도인이라도 남의 떡이 더 커 보이고, 아무리 잘난 이도 때로 자괴감에 시달리며, 아무리 천국 같은 곳에 살고 있어도 근원적인 외로움과 존재에 대한 의문에서 자유로울 수 없는 것이다.

히피들도 예외는 아니어서 파도와 음악, 술과 섹스를 통해서조차 쓸려나가지 않는 것들은 별도의 해독과 치유의 시간을 통해 풀어내는 수밖에 없다. 현대의 히피들은 특히 요가와 명상에 몰입하는 경우가 많은데, 이 마을 사람들에게는 스테파노의 요가 수업이 그런 힐링의 장인 셈이다. 거친 인생의 굴곡과 수행의 시간을 거치며 흡사 철학자의 경지에 이르게 된 그가 가르치는 것은 단순히 동작만이 아니었다.

생긴 것부터가 기인이지만 내공이 어느 정도인지 알게 되면 혀를 내두를 수밖에 없고, 과거를 알게 되면 절로 고개를 끄덕이게 되는 사연 많은 요기. 실력도 타의 추종을 불허하지만 내 경우 그의 독심술에 가까운 직관적 발언들 때문에 수업을 들을 때마다 깜짝깜짝 놀라곤 했다. 그가 실제로 독심술을 할 가능성은 거의 없고, 설사 그렇다 하더라도 내 개인적인 문제를 수업의 테마로 삼을 만큼 무신경한 사람은 아니었다.

그런데 어쩌면 그리 절묘한 타이밍에, 요가 동작 사이사이 무심한 말투로, 내게 꼭 필요한 한마디를 던지는지 신기함을 넘어 정신이 번쩍 드는 순간들이 있었다. 아마도 나의 의식이 내 신경을 건드리는 말에 더 민감하게 반응했기 때문이겠지만, 매 순간에 적절한 말로 위안받거나 깨달음을 얻고 돌아설 때는 마음이 한결 평온해진 것을 느꼈다. 그중에서도 유독 기억에 남는 하루가 있다.

요가 매트를 깔고 앉아 몸을 풀고 있었다. 옆자리에 성격이 아주 괄괄한 여자가 와 자리를 잡았다. 그녀는 홀 안으로 들어선 지 5분도 안 되어서 초면인 참가자들과 마치 오랜 시간 알아온 사람처럼 스스럼없이 대화를 나누며 분위기를 평정했다. 붙임성 좋고 쾌활한 성격을 감출 수 없는 타입이었다.

별 생각 없이 고개를 돌렸는데 그녀의 몸에서 시선이 거둬지지가 않았다. 요가 수련을 얼마나 오래 해왔는지 몰라도 상당한 수준의 유연성과 근력의 소유자임을 한눈에도 알 수 있었다. 보아하니 내 또래인 것 같은데 나로서는 범접할 수 없는 체력, 복근, 자세, 단단함으로 똘똘 뭉친 그녀의 얼굴에서 자신감의 빛이 뿜어져 나왔다.

나도 운동을 좋아하는 편이지만 나이가 드니 확실히 예전 같지 않다는 생각을 하게 되는데 이런 사람을 볼 때는 큰 자극을 받게 된다. 나이 따위를 운운하는 것은 게으른 자의 핑계에 불과하니 집어치우라는 경고처럼 느껴지기 때문이다. 서퍼와 요기의 마을답게 이곳 수업엔 몸매도 요가 실력도 탁월한 사람이 많았다. 그러니 속으로 남과 나를 비교해본 게 처음은 아니었다. 인간이기에, 아무리 그러지 않으려 해도 신경이 쓰이는 건 어쩔 수 없지 않을까. 더구나 싱그러운 젊음까지 갖추었거나 반대로 얼굴은 쭈글쭈글한데 몸은 돌덩이 같은 나이 든 사람을 볼 때는 나 자신이 아주 못나게 느껴지곤 한다. 하지만 그들은 나보다 어리니까, 아무리 멋져도 아직 내가 젊으니까, 저이는 남자고 난 여자니까, 갖은 합리화로 나 자신을 위로할 수 있는 대상들이었다. 그런데 이날처럼 자기 관리를 훌륭히 해온 내 또래의 누군가를 마주치면 그런 자존감도 실종된다.

옆에 앉은 낯선 여자를 곁눈으로 힐끔거리며 전사 자세를 취하고 있는데, 스테파노가 또 한 번 정곡을 찌르는 말을 했다.

"어제 모두가 가고 난 후 한 학생이 찾아와 고민이 있다고 하더군요. 다른 사람들처럼 몸이 유연하지 않고 물구나무서기가 되지 않아 속상하다고요. 그 말을 듣는데 참 안타까웠어요. 왜냐, 우선 요가는 능력을 가르는 수련이 아니에요. 누가 더 잘하고 못하고를 따질 수 없고 그럴 필요도 없죠. 또 그 사람이 느낀 괴로움의 실체는 '남과 자기를 비교하는 데서 오는 불행함'이 아니라 자신의 에고가 원하는 것과 실제 자기 몸이 허락하는 것의 차이 때문에 느껴지는 괴리감이거든요. 요가는 에고를 내려놓는 법을 배우는 과정인데 그 사람은 완전히 반대로 해온 거죠."

이어서 스테파노의 가이드를 따라 모두가 다음 동작인 반달 자세를 취하고 있는데, 누군가 큰 소리로 질문했다.

"에고를 내려놓는다는 게 정확히 어떤 거죠?"

"음…… 에고는 자기가 되고 싶거나 가정하는 이상들이 응축된 걸 말해요. '실제'가 아닌 '이상'이란 점이 중요해요. 그리고 에고를 내려놓는다는 건 스스로 만든 이상에 의해 흔들리지 않고 자기 몸의 한계를 존중하고, 자기 자신의 능력을 있는 그대로 받아들이는 걸 말하죠. 요가는 그것이 가능하도록 수련하는 과정을 말하고요. 그러니까 에고를 내려놓는다는 것은 한마디로 꾸밈없는 자신을 사랑하는 태도이자 요가 그 자체라고 할 수 있어요."

내 희망사항을 바탕으로 나 스스로 세운 이상들은 어떤 게 있었을까. 나의 에고에 대해 요리조리 뜯어보듯 고민해본 적이 있었던가. 스테파노의 말에 의하면 우리를 괴롭히는 것들의 실상은 우리 자신의 에고, 즉 '내가 만들어낸 허상'과 같다. 다시 말해 부정적인 감정이란 존재하지 않는 나를 만들어 실제의 나와 비교하는 데서 비롯되는 것. 옆자리에 있는 건강미 넘치는 여자 때문에 계속 신경 쓰이는 것도 그녀와 나를 비교해서가 아니라 내가 바라는 이상과 내 진짜 모습 사이의 괴리 때문이란 얘기가 된다. 결국 이것을 극복하는 열쇠 또한 내 안에 있다는 뜻 아닐까.

모든 시퀀스가 끝나고 가부좌를 틀고 앉아 스테파노의 마무리 인사를 들을 차례였다. 땀을 많이 흘린 날은 피부에 와닿는 바닷바람이 한결 더 시원하고 달콤하다.

"오늘 에고 이야기를 했는데 여러분은 어때요? 내가 나 자신이 아니었으면 하고 바란 적이 있나요? 내 몸 대신 저 앞에 있는 사람의 단단하고 날렵한 몸을 갖고 싶다고 생각해본 적은요? 그건 너무나 큰 배신행위나 마찬가지예요. 평생 함께할, 세상에서 가장 가까운 친구이자 든든한 지원군을 못마땅해하고 부정하는 것과 다를 바 없으니까요. 명심하세요. 자기 자신을 있는 그대로 받아들이고 사랑하지 않으면 자신이 만들어놓은 한계의 노예가 되는 겁니다. 나마스떼."

그날, 스테파노의 수업은 유난히 여운이 길었다. 나는 곧장 자리를 뜨는 대신 홀에 남아 바다를 향해 가부좌를 틀고 앉아 긴 명상을 했다. 내 안에서 여러 생각이 떠올랐다가 파도에 쓸려가기를 수없이 반복하는 과정을 지켜보면서 나의 에고를 내려놓고 나를 사랑하는 일에 대해 생각해보았다. 결국 이 여정을 통해 얻으려고 했던 것의 핵심이자 실체가 에고를 내려놓는 일과 연결되어 있지 않을까. 평온한 나를 찾는 일의 시작이자 끝은 바로 '있는 그대로의 나'를 사랑하고 받아들이는 일일 테니까.

생각이 여기에 이르자 마음에 환한 빛이 들어차는 느낌이 들었다. 나를 가장 사랑할 수 있는 사람은 바로 나, 완전한 행복을 느끼게 해줄 수 있는 것도 바로 나 자신이다. 항상 그 자리에 있었는데 에고에 가려 보지 못했던 진짜 나를 이제는 외롭게 버려두지 말아야지, 누구보다 내가 더 많이 아껴줘야지, 다짐하며 마음으로 속삭였다.

사랑해, 있는 그대로의 너를 진심으로 사랑해.
세상 누구보다 더 많이.

내가 나 자신이 아니었으면 하고 바란 적이 있나요?

―――――

자기 자신을 있는 그대로 받아들이고 사랑하지 않으면
자신이 만들어놓은 한계의 노예가 될 뿐이에요.

불필요한

욕망과 헤어지기

비키니 차림으로 해변부터 식당까지 자연스레 누비면서 땀과 먼지와 모기약을 뒤집어쓰고 원주민처럼 산 지 어언 두 달. 코스타리카 여행에서 얻은 가장 큰 소득은 꼭 필요하지 않은 것들을 덜어낸 것이었다. 시간을 허투루 쓰지 않으려는 강박증, 조금 더 잘하려는 욕심, 남에 대한 지나친 배려, 완벽한 계획과 실행에 대한 집착, 불필요한 군살까지.

이런 것들로부터 자유로워지는 데 일등 공신이 되어준 건 단연 스테파노의 요가 수업이었다. 너무 좋은 것들은 끝나지 않기를 바라게 되지만 세상 모든 것엔 끝이 있게 마련. 어떻게 마지막을 받아들일 것인가는 인간의 태생적 과제이자 일상 속에서도 피하기 힘든 미션이다. 스테파노의 요가 수업도 마찬가지여서 결국 그날이 왔다.

약간은 서운하지만 희한하게도 이전의 여행을 마무리할 때 느꼈던 아쉬움이나 미련 같은 것은 없었다. 내가 얼마나 이 수업을 좋아했는지를 생각하면 참 이상한 일이었지만 이유를 알 것 같았다. 현재에 충실한 사람에게 오는 보상 같은 것이랄까. 매 순간 눈앞에 놓인 시간에 충분히 몰입했기에 새롭게 다가오는 현재를 기쁜 마음으로 바라보게 된 것 같았다.

마지막 수업 역시 여느 때처럼 뼛속까지 카타르시스가 느껴졌다. 흘려낸 땀만큼 채워지는 엔도르핀. 그동안 요가를 통해 배운 것들을 의식을 치르듯 하나씩 되뇌며 온 마음과 정신을 집중해 동작을 이어나갔다. 아침마다 바다를 향해 활짝 열린 공간에서 내면의 나와 충만하게 연결되던 마법 같은 시간을 누릴 수 있었음에 감사하고, 마지막 수업의 모든 순간을 즐기려 애쓰면서. 에고를 내려놓고, 경쟁하지 않으며, 결과를 생각하기보다 과정을 즐기면서, 있는 그대로의 나를 받아들이고…….

서울을 떠날 때는 말할 것도 없고, 산호세에서 병원을 찾아 헤매던 때를 생각하면 이 상태까지 온 게 얼마나 감사한지 이루 말할 수 없었다.

사바사나까지 모두 마친 후 다시 가부좌를 틀고 앉아 눈을 감았다. 스테파노의 마지막 인사를 들을 차례였다.

"요가는 결국 조화에 관한 이야기입니다. 우리는 자연의 일부이고 혼자서는 살 수 없는 존재이기에 평화로운 공존을 위한 지혜가 필요하지요. 세상에 존재하는 모든 생명체가 평안하기를 기원하면서 에너지를 모으고, 감사하는 마음을 갖기 위해 노력하는 것, 내 안의 그런 소망을 마주하는 것이 바로 우리가 여기 모인 이유일 겁니다.

오늘도 지구상 어딘가에서는 전쟁으로 희생되는 죄 없는 인간들이 있을 것이고, 자연재해가 집어삼키는 생명이 있을 것이고, 어리석은 인간들의 과한 욕심으로 파괴되는 것들이 있을 텐데, 이렇게 아름답고 평화로운 장소에서 자연과 내가 완벽하게 연결되어 있음을 느낀다는 것은 정말 큰 행운일 겁니다.

그러니 이런 일이 가능하게 해준 모든 대상, 지구, 코스타리카, 산타 테레사, 그리고 두 시간 동안 여러분을 지탱해준 요가 매트와 육중한 몸을 견디고 받쳐준 작은 두 발에 경이로움과 감사의 마음을 전하시길 바랍니다. 발가락 하나하나에 키스를 해도 좋아요! 여러분의 좋은 에너지를 나눠주시고 함께해주셔서 감사합니다. 나마스떼!"

언제나 울림이 있는 스테파노의 마무리 인사이지만 이날따라 코끝이 찡해졌다. 마음속으로 내 두 발에 감사의 인사를 전하며 몸을 숙여 입을 맞췄다.

지난 한 달간 매일 나를 이곳에 데려다줘서 고마워.

아무리 힘든 동작도 거뜬히 버텨줘서 고마워.

수십 년 동안 좋을 때나 나쁠 때나 나를 지탱해주고,

내가 세상을 볼 수 있게 어디든 가주고,

그 덕에 춤을 추는 기쁨도 누렸는데

한 번도 제대로 고맙다는 말을 못했네.

내가 제대로 헤아리지 못했어.

너희가 얼마나 애쓰는지 한 번도 깊이

생각해보지 않았어.

미안해, 그리고 고마워.

그날 나는 오후 내내 아무 계획 없이 마음 가는 대로 바닷가를 거닐었다. 이 마을에 머무는 동안 사랑해 마지않던 하루 한 번의 해변 산책. 바다와 하늘과 모래밖에 없는 곳을 맨발로 걸을 뿐이지만 말끔하게 마음을 정화해주는 명상과도 같던 그 시간은 매번 새로웠고 하루 중 가장 기다려지는 순간이었다. 한 시간여를 걷고 나니 태양이 제법 높은 곳까지 솟아 있었다. 썰물 때를 만나 더 넓고 평평하게 펼쳐진 모래사장은 바닷물이 한 번씩 훑고 나갈 때마다 하늘을 비추는 거울이 되었다.

아, 이 아름다운 해변을 언제 또 와볼 수 있을까.

아쉬운 마음에 잠시 멈추어 사진을 찍는데 물을 머금은 모래들이 반짝이는 사이로 무언가 움직이는 것이 보였다. 가까이 다가가보니, 이제 막 알에서 부화한 듯한 아기 거북이었다. 내 손바닥 반도 안 되는 크기의 앙증맞은 그 생명체는 그야말로 사력을 다해 바다를 향해 가고 있었다.

이토록 경이로운 몸짓이 또 있을까! 바다가 어디인지 알고, 자기가 바다로 가야 하는지는 어떻게 알고 저렇게 안간힘을 쓰는 걸까. 자연의 신비와 애처롭고도 대견한 작은 생명체의 몸부림에 가슴이 뭉클해졌다. 아기 거북은 수십 번 발을 저어 십여 센티미터 정도를 가고 나면 잠시 멈추고 바다를 바라보았다. 인간이라면 5분이면 달려가 닿을 바다에 가기 위해 오후 내내 사투를 벌여야 할 테지만, 까마득해 보이는 그 길을 확인하고는 또다시 있는 힘을 다하는 모습에 감동이 밀려왔다.

마치 온몸으로 내게 이렇게 말하고 있는 것만 같았다.

'나를 봐요, 당신도 이렇게 걸음마를 배우고 세상으로 나온 거 아닌가요? 자신감을 잃고 나약하게 느껴질 때가 있겠지만 당신 안에도 분명 이런 힘이 있어요.'

자연이 주는 감동과 가르침은 실로 무한하구나. 욕망 자체가 문제가 아니라 무엇을 욕망할 것인가가 중요한 것이었다.

나는 구경하러 모여든 몇몇 사람들과 함께 지나가던 동네

개들이 행여 공격하지 못하도록, 한동안 그 아기 거북을 응원하며 바다까지 가는 길을 지켜주었다.

'그래, 두려워 말고 걸어나가보자. 내 안의 힘을 믿어보자.'

또 하나의 오랜 소망을 이루기 위한 여정을 앞두고 전에 없던 용기와 기대감이 솟아올랐다. 그날 나는 해가 완전히 자취를 감추고 별들이 떠오를 때까지 바다를 마주하고 앉아 있었다. 잊지 못할 순간들로 겹겹이 채워진 코스카리카에서의 마지막 날, 그날의 밤하늘은 평생 잊지 못할 정도로 아름다웠다.

뜻밖의 반전에
대처하는 자세

그림 같은 로마시대 마을 붉은 벽돌집에서 영화 속 주인공처럼 살아보려던 꿈은 산산조각이 나버렸다. 문짝도 없는 화장실에 세탁기 호스를 연결하고 너무 더워 창문도 못 닫는 집에서 밤마다 모기떼와 사투를 벌여야 하다니. 설레는 마음을 안고 찾아온 이탈리아에서 나는 처음부터 뜻밖의 복병을 맞았다.

이탈리아 여행을 준비하는 과정은 그야말로 물 흐르듯 순조로웠는데, 눈곱만치도 예상치 못했던 문제가 숙소에서 기다리고 있었다. 내가 유일하게 내걸었던 조건이자 집주인이 철석같이 약속했던 세탁기가 설치되어 있지 않았던 것. 유럽의 소도시에 있는, 그중에서도 수백 년 전에 지어진 건물들은 대부분 에어컨을 설치하기 어려운 구조다.

기록적인 폭염이 집어삼킨 유럽에서 에어컨도 세탁기도 없는 상태로 여름을 난다는 건 상상도 못 할 일이었다. 다른 건 몰라도 세탁기만큼은 양보할 수 없었던 나는 강력하게 항의했다. 숙소 매니저가 급하게 기술자를 수소문해 보내줬는데, 이런저런 시도를 해본 그는 화장실의 문짝을 떼어내고 호스를 설치하는 게 유일한 해결책이라고 했다. 너무 오래된 로마시대 주택인지라 배수관을 연결할 방법을 찾을 수가 없었던 것이다.

경험에 비춰보건대 인간은 무서울 정도로 적응에 뛰어난 동물이다. 새로운 환경에 적응하고 진화하고, 외부 환경의 변화와 공격에 또 적응하고 진화하는 과정을 통해 지금의 우리가 존재하게 되었고 개개인의 삶 역시 마찬가지다. 우리 일상은 한 치 앞을 알 수 없는 사건과 반전으로 가득하니까. 변수가 발생할 때마다 이리저리 튕겨나고 적응하지 못

한다면 한평생 사는 일이 너무 고된 여정이 될 것이다. 다행히도 우리는 일일이 인식하지는 못하지만 온갖 변화와 반전에 자기도 모르게 적응하거나 변화해가며 살아간다.

변수가 닥쳤을 때 발생하는 스트레스는 그것이 초래할 미지의 결과들에 대한 불안감이 일으키는 반응이다. 그렇기 때문에 자신에게 강한 적응력이 있다는 것을 알고 그 능력을 믿으면 불안감이 훨씬 덜어지고 전에 없던 에너지가 생겨나기도 한다. 결국 내 의지와 상관없이 벌어지는 사건들, 불가항력적인 일들, 손쓸 수 없는 변화가 얼마든지 일어날 수 있다는 것을 받아들이는 것이 우선이다. '왜 기대한 대로 되지 않는가'를 탓하는 대신, 주어진 상황에서 최선의 해결책을 찾아야만 그런 긍정적인 에너지를 발휘할 수 있다.

그런 의미에서 인생을 살아가는 데 필요한 중요한 태도로 나는 '탄력성'을 꼽는다. 변화무쌍한 삶에서 유연하게 대응하고 적응하고 변신하는 능력. 누구도 상상하지 못한 희대의 전염병이 전 세계적으로 돌고 있는 위기의 시대를 지날 때라면 더더욱 그럴 것이다. 우리 힘으로 바꿀 수 없는 한계점을 빨리 받아들이고 새로운 환경에 적응하는 길을 찾는

지혜가 필요하다.

스트레스가 극심한 상황이 오면 나는 우주를 생각한다. 아무리 커 보이는 일이라도 우주적 관점에서 보면 대부분 별거 아니라는 위안이 된다. 이날도 황망한 마음을 밀어내며 우주를 떠올렸다. 우주적 관점에서 보면 화장실 문이 없는 것 따위, 먼지만도 못한 문제다.
"까짓거, 그냥 없이 쓰지, 뭐."
나의 쿨한 대응은 뜻밖의 서프라이즈로 이어졌다. 면목이 없어진 집주인이 한 달 렌트비를 고스란히 돌려준 것. 아무리 허점 많은 집이라 해도 이탈리아의 아름다운 시골 저택에서 한 달씩이나 공짜로 지낼 수 있다는 건 엄청난 행운이다. 하루 사이 몇 번이나 지옥과 천당을 오가는 건지. 인생은 괴로운 순간도 많지만 이렇듯 반전이 있어 재밌다. 어쩌면 시끄럽게 치른 한 달 살이 신고식만큼이나 근사한 운이 나를 기다리고 있을지도.

해서 즐거우면
그만입니다

누구에게나 취향이나 습관을 결정짓는 유년 시절 경험이 있다. 내 경우 초등학교 3학년 때 그런 일이 있었다. 수영장에서 놀다 발에 쥐가 나서 물속 깊은 곳으로 빠졌는데 아무도 나를 보지 못했다. 그대로 두었더라면 무슨 일이 벌어졌을지 모를 위험한 상황이었다.

다행히 뒤늦게나마 나를 발견하고 번개처럼 몸을 던져 구해주고 응급처치까지 해준 이가 있었는데, 금발의 백인 아저씨였다. 어린 마음에도 어찌나 고마웠던지 뭐라고 꼭 한

마디 하고 싶었지만 ABC도 모르는 나는 꿀 먹은 벙어리가 되어 연신 고개만 숙일 뿐이었다. 그러면서 '언젠가 꼭 영어를 배워 이런 경우 고맙다고 말할 수 있는 사람이 되어야지'라고 결심했다.

이 사건은 후에 나의 열정을 키워낸 불씨가 되었다. 덕분에 내게는 새로운 언어를 배우는 일이 스트레스를 부르기보다 좋은 기억을 소환하는 경험이다. 후천적인 사건의 영향을 받았지만 유전적으로 타고난 것처럼 어린 시절 뇌리에 박힌, 동기부여가 확실해서 의욕이 충전되고 행복을 느끼게 해주는 일. 어떤 이에겐 그것이 달리기, 빵 굽기 혹은 반려견과 보내는 시간일 수도 있을 것이다.

이탈리아까지 가게 된 건 어린 시절 심어진 열정의 씨앗으로 인해 내게 큰 기쁨을 주는 언어 공부를 하고 싶었기 때문이다. 라틴어 계열의 언어를 배운 사람이라면 누구든 한 번쯤 이탈리아어를 욕심내게 마련인데, 내게도 그것이 오랜 꿈이었다. 노래처럼 아름다운 그 언어를 무작정 동경하며 살아온 지 꽤 많은 세월이 지났다. 게다가 올리브오일과 트러플, 각종 허브와 치즈를 좋아하는 내게 이탈리아는 정말이지 이상적인 나라다. 사람들은 또 어떤가! 내 마음의 행복 지수를 한 단계 끌어올리는 데 이탈리아 사람들의 유머 감각만큼 효과적인 것도 없을 것이다.

내가 이탈리아어를 배우겠다고 하자 주변 사람들은 하나같이 '도대체 그건 뭐에 쓰게?'라는 반응을 보였다. 모르긴 몰라도 많은 이가 그렇게 생각할 것이다. 실리적인 계산 없이 무언가에 시간을 투자하는 것은 어리석은 짓이라고. 그런 걸 배운다고 승진에 도움이 될 것도 아니고 돈이 생기는 것도 아닌데 뭐 하러 고생을 하느냐고. 예전 같으면 그런 반응에 동요되어 '내가 쓸데없는 짓을 하는 건가' 갈등했을 테지만 이번엔 달랐다. 더는 그런 강박으로 내 마음을 병들고 지치게 하고 싶지 않았다. 대신 걱정하는 모든 이에게 이렇게 답해줬다.

'꼭 뭐에 써먹어야 해? 그냥 배우고 싶다는 것 외에 다른 이유나 목적은 없어. 나는 새로운 언어를 배울 때 행복해. 그게 다야.'

세탁기 소동으로 처음 며칠을 보내고 찾아온 월요일 아침.

오전 9시 정각이 되자 도어벨이 울렸다.

"본 조르노!"

상상했던 것보다 훨씬 앳된 얼굴의 짙은 갈색 곱슬머리 아가씨. 붉은 원피스를 입고 가쁜 숨을 몰아쉬며 인사를 건네는 그녀는 나의 이탈리아어 선생님 라켈레였다. 문을 열자마자 마주한 라켈레의 첫인상은 자못 진지했는데 볼수록 꽤 귀여운 얼굴이었다. 늦지 않으려 뛰어 왔는지 여전히 볼이 발그레한 그녀. 우리는 과연 좋은 호흡을 맞출 수 있을까?

약간은 어색한 분위기 속에서 커피를 끓이고 미리 사다둔 쿠키를 내놓고서 그녀와 마주 앉았다. 대학에서 이탈리아어 교육을 전공한 그녀는 아르헨티나 남자 친구와 살고 있어 스페인어에도 능하니 나와의 의사소통엔 큰 문제가 없을 것 같았다. 우리는 함께 달력을 보며 수업 일정을 정하고 목표 설정을 위해 의견을 나누었다.

"문법을 배우는 방법이 두 가지가 있는데 하나는 기본적인 동사부터 시작하는 거고요, 다른 하나는 동사 외의 나머지 것들, 관사, 전치사, 직간접 대명사 그리고 형용사의 쓰임

등을 모아 먼저 배우는 거예요. 어느 쪽을 선호하시나요?"

라틴어에 뿌리를 둔 언어들은 모두 동사 변화가 상당히 복잡하다. 스페인어를 배울 때도, 프랑스어를 배울 때도 마찬가지였는데 끈질기게 외우고 훈련하면 되는 문제이긴 하지만 외국인에겐 절대 만만치 않다. 나는 오래 고민할 것도 없이 동사부터 배우겠다고 답했다. 매도 먼저 맞는 게 낫다는 생각 때문이었다. 이탈리아어는 하다못해 전치사조차 어려워서 이것이 별 의미 없는 선택이었음은 나중에야 알았다.

나에게도 한 가지 제안할 게 있었다. 나는 단기 연수의 효과를 높이기 위해, 한마디도 못 알아들을지라도 수업을 이탈리아어로 해주길 바란다는 희망 사항을 전했다. 불가피한 상황에는 스페인어로 재설명을 하더라도 일단은 그 원칙대로 하고 싶다는 말에 라켈레는 용감하고 현명한 선택이라며 엄지손가락을 치켜세웠다.

그렇게 시작된 라켈레와의 이탈리아어 수업은 정말로 즐거웠다. 알파벳 읽기부터 시작해 그야말로 아장아장 걸음마 하듯 실력을 키워가는 게 얼마나 재미있던지. 어제까지는 '안녕하세요'밖에 하지 못했다가 오늘은 '에스프레소 한 잔

주세요", "좋은 하루 보내세요"를 말할 수 있는 기쁨이란!

게다가 영화 속 한 장면 같은 장소가 넘쳐나는 스펠로 마을 곳곳이 우리의 강의실이 되었다. 라켈레와 나는 아침마다 정원이 딸린 예쁜 카페들을 번갈아가며 교실처럼 활용했다. 에스프레소, 마키아토, 카푸치노, 사케라토 등을 골라 마시며, 광활히 펼쳐진 올리브밭을 감상하면서, 새들의 지저귐을 배경 음악 삼아 즐기며, 카페 주인의 고양이 새끼들이 놀러 오면 한 번 쓰다듬어주기도 하면서.

수업이 끝나면 대개 동네에 하나뿐인 슈퍼에 가서 장을 보고 점심을 만들어 먹었는데 일부러 딱 하루치만 사곤 했다. 그래야 하다못해 "얼마예요?"라도 매일 연습할 수 있으니까. 마을 전체가 이탈리아어 현장실습의 장이 되고 순박한 시골 상인들이 모두 내 이탈리아어 선생님이 되어준 환상적인 시간.

이곳에서 또 하나의 언어를 배우며 새롭게 알게 된 사실이 있다. 지극히 원초적이고 단순한 말만 반복하는 것이 의외의 즐거움을 준다는 점이다. 세상 돌아가는 머리 아픈 이야기나 복잡하고 난해한 말을 할 수 없다는 건 단점보다 장점이 훨씬 많은 일이었다. 간단한 인사말, 기본적인 감정이나 욕구를 표현하는 말만 할 수 있게 되니 마음도 단순하고 행복해졌다. 물론 처음엔 여섯 살배기 수준의 말만 떠듬떠듬하며 보내는 시간이 답답했는데 시간이 지날수록 마음이 가벼워졌다.

이유는 간단하다. 내가 표현할 수 있는 한도 내에서는 어린아이처럼 생각하는 것만이 가능하기 때문이다. 이러니 어떻게 외국어 배우기를 좋아하지 않을 수 있을까. 어린 시절 순수한 열정의 씨앗을 처음으로 맛볼 때의 콩닥거림이 떠오르고, 동심으로 돌아가 생각하고 말할 수 있는 시간. '너무 재미있어', '지금 정말 행복해', '고마워'. 오랜만에 내 마음이 신이 나서 재잘댔다.

낯선 사람을
내 삶에 들이는 일

언제부터인가 사람들을 대하는 게 부담스럽다. 아니, 좀 더 정확히 말하면 나는 사람들과 쉽게 친해지지 않으려고 노력한다. 어떤 이들은 믿기 어렵다고 할지 모른다. '국적, 나이, 성별 불문하고 친구를 맺는 사람 아니었어?', '둘째가라면 서러워할 마당발이라던데?'라면서. 다 맞는 말이긴 하다. 하지만 아마도 나와 아주 아끼운 몇몇은 내가 사람 관계를 어려워한다는 데 격하게 동의할 것이다. 친구가 많은 것 같으면서도 속내를 털어놓는 이는 몇 안 되고, 새로운 누군가를 만나는 것을 몹시도 두려워한다는 사실에 말이다.

그러나 그들도 내가 타인과의 관계를 어렵게 느끼는 이유는 정확히 알지 못한다. 구체적으로 얘기한 적이 없으니까. 걱정스럽고 불편하게 느껴지는 일을 털어놓는 게 얼마나 좋은 치유 방식인지 이제는 잘 알기 때문에, 오랫동안 숨겨왔던 이야기를 고백한다.

원래 나는 누구하고든 어렵지 않게 친구가 되는 스타일이었다. 초등학교 때도 그랬고 지금도 그런 성향은 여전하다. 달라진 점은 전에 없던 두려움이 내 안에 자리 잡은 것인데, 여러 요인이 있다. 우선 어릴 때와 달리 순수한 마음을 준다고 해서 똑같이 순수한 마음이 돌아오지는 않는 어른의 세상에서 실망하고 상처받은 경험이 많이 쌓였다.

직장 생활을 하면서 믿었던 이에게 배신당하거나 소통의 문제로 오해가 생긴 경험이 누구에게나 한 번쯤 있을 것이다. 학생 때와 달리 이해관계가 얽힌 사람이 둘 이상 모여 사회생활을 하다 보면 언제든 삐걱거릴 수 있다. 때로는 진심이 전달되지 않기도 하고, 인연이 아니려니 하며 포기해야 하는 관계도 생긴다. 그리고 이런 경험들은 크고 작은 상처로 남는다.

한편으로는 나이를 먹으면서 자연스레 알게 되는 것들도 있다. 세상 모든 것엔 끝이 있고, 인간과 인간 사이의 관계도 그렇다는 것을 체험을 통해 배우게 되면서 이별 후의 상처가 두려워 마음을 열지 않게 되는 것이다. 혹시라도 내 가슴 한구석에 허전함과 상실감, 쓰라린 기억의 창고가 들어서지 않도록 아예 가능성의 싹을 잘라버리는 쪽을 택하게 되는 것이다. 그래서 친구를 사귀더라도 완전한 믿음이 쌓이기 전까지는 적당한 거리를 유지하면서, 어떤 이유에서든 관계가 멀어졌을 때 상처받지 않도록 방어태세를 갖추는 사람이 된다.

처음엔 마음에 장벽을 치는 것 같아 씁쓸하기도 했다. 그런데 관점에 따라서 꼭 나쁘지만은 않은 것이, 성급하지 않게 관계를 다져나가는 법을 배우면 결과적으로 시간이 흘렀을 때 훨씬 더 견고한 관계를 쌓을 수 있다. 또 누군가를 알아가는 과정에서 발견하게 되는 사소하지만 의미 있는 순간들을 더 만끽할 수도 있다. 많은 기대와 희망을 갖고 급진적으로 발전시키는 만남과 관계에서는 놓치기 쉬운 것들이다.

그 어디보다 경쟁이 심한 방송국에서 10년, 흥미진진한 만큼 예측 불허한 관계를 수없이 맺었던 여행 작가 생활 10년, 야생동물의 생존 현장 같던 사업의 세계에서 5년. 이 모든 세월 동안 치이고 다시 일어서길 반복하며 단련했더니, 처음엔 상처받다 나중엔 굳은살이 박이고 이제는 나만의 관계 맺기 노하우가 생겼다. '일정 거리를 유지할 것', '가볍고 길게 갈 것'.

누군가를 마음에 들인다는 것은 서로의 낯설음에 익숙해지는 시간을 견뎌내는 일이라 생각한다. 그렇기 때문에 누군가를 알아갈 때는 아주 천천히 다가가는 것이 중요하다. 너무 급하지 않게, 가까워지고 있다는 것을 느끼지 못할 만큼 조금씩 거리를 좁히는 것. 시간과 정성을 들여 상대와 자신을 서서히 길들이는 과정이 필요하다. 큰 차이점을 발견해도 놀라 달아나는 일이 없도록, '여기까지가 전부구나' 하는 것을 느껴도 타격이 없도록.

너무 많은 기대는 실망으로 돌아올 가능성이 높다. 상대는 나와 다른 사람이라는 전제하에, 우리는 각자 다른 길을 가다 우연히 잠깐 같은 곳을 걷게 되었다고 생각하면 서로 배려하고 이해하는 일이 더 쉬워진다. 그러다 정말 마음이 잘 통하면 짐도 나누어 들고 아픈 어깨를 주물러줄 수도 있겠지만, 일단은 각자 걸어야 한다. 언제든 갈림길이 나오면 헤어져도 좋을 만큼의 거리를 유지하면서.

작은 시골 마을을 여행하다 보면 누군가를 천천히 마음에 들이는 것이 더 중요한 이유가 있다. 이곳에서 만나는 사람들과는 말하자면 '시한부 우정'을 쌓는 것과 같기 때문이다. 물론 인터넷이 있으니 연락은 이어질 수 있고, 정말 운이 좋으면 다시 만날 수도 있다. 휴가차 갔다가 그 마을의 특별함에 매료되어 은퇴 후 이주해 사는 경우도 있다. 그러나 이런 경우는 상호간의 큰 노력이 있어야, 혹은 특별한 인연이 있어야만 가능한 아주 드문 일이다.

대부분의 사람은 여행지에서의 우정을 한 조각의 추억으로 간직하고 살아간다. 그에 따른 허전함은 마음을 더 준 자가 감당할 몫이 된다. 다년간의 경험을 거치면서 나는 길 위에서 만난 인연들과는 서로 감당할 수 있을 만큼의 우정과 추억을 쌓는 것이 바람직하다는 신념을 갖게 되었다. 대신 그렇게 하면 조금 더 현재의 순간과 상대에 집중하게 되는 장점도 있다. 이것은 스펠로에서도 예외는 아니었다.

엎어지면 코 닿을 곳에 있는 중앙광장. 그곳에 옹기종기 모여 있는 시청, 약국, 보건소, 택시 승강장, 슈퍼마켓, 은행 등은 모두 이 마을에 딱 하나씩만 있다. 아무리 거리를 두려 해도 매일 얼굴을 볼 수밖에 없는 사람들인 것이다. 이탈리아어 수업을 들으러 갈 때면 어김없이 상점 문을 열다 반색하는 가방가게 아저씨, 내가 이탈리아어 공부하는 모습이 보기 좋다며 자기 뒤뜰을 기꺼이 내주어 그림 같은 공간에서 교습받게 해준 올리브오일 가게 아저씨, 첫사랑 얘기까지 들려주며 사랑에 대한 조언을 해준 다정한 모자 가게 아주머니, 모기 때문에 어찌나 자주 봤는지 결국 잔정이 들어버린 약사들, 지인의 소개로 더 빨리 가까워진 이 동네 터줏대감, 이탈리아식 와인 바 에노테카 가족.

처음엔 낯선 이방인이었던 내가 그들의 삶 속에 들어갔고, 그 마을에서 여행이 아닌 한 달 살이를 하며 그들이 내 삶에 들어왔다. 매일 식재료 장을 보고, 아침 안부를 묻고, 같이 밥을 먹고 와인잔을 기울이고, 올리브밭을 산책하고, 카푸치노 한 잔에 속 얘기를 털어놓고 어깨를 안아주며 위로하고……. 이런 날들이 쌓여가며 아무도 눈치채지 못하는 사이 우리는 서로의 삶에 깊숙이 스며들었다. 갑자기 친해지거나 사생활을 뚫고 들어가는 일 없이 켜켜이 우정을 쌓아가며 자연스럽게 다져진 관계들.

워낙 작은 마을이고 한 달씩이나 머물렀기에 그들에게나 나에게나 짧은 여행의 추억으로만 간직하기엔 끈끈한 정이 쌓일 수밖에 없었다. 하지만 떠나오고 떠나가는 이들에게 익숙한 이 마을은 아주 천천히 나를 받아주었다. 그리고 여행자인 나도 '낯선 이를 마음속에 들이는 나만의 방법'을 잘 실천하려고 노력했다. 그랬기에 마치 오래 알아온 친구 같은 정을 느끼면서도 아름다운 추억에 감사하며 힘들지 않게 이별할 수 있었을 것이다.

그림도 여백이 있어야 아름답고, 패션도 한 가지를 덜어내야 세련되어지는 것처럼, 인간관계도 적당한 거리 유지를 하며 조금씩 서로에게 익숙해지고 길들여졌을 때 성숙하고 아름다울 수 있다는 걸 이곳에서 또 한 번 깨달았다. 서울에서는 바쁜 일상만큼 사람 관계도 속전속결인 경우가 많다. 나도 모르게 놓친 것 중엔 바로 이런 관계들, 그리고 그 관계들을 맺어가는 과정에서 깨달을 수 있는 소소한 기쁨들도 있었을 것이다.

나는 여전히 두렵다. 상처받거나 상처 줄까 무섭고, 누군가와 너무 멀어지는 것도, 너무 가까워지는 것도, 마음을 전부 털어놓는 일도, 누군가가 나를 너무 좋아해주는 것도 부담스럽다. 하지만 이런 두려움을 안고서라도 사람과 관계를 맺는 것은 아름답다는 것을, 그만한 가치가 있다는 것을, 천천히 가면 괜찮다는 것을 이 작은 동네 사람들로부터 배웠다. 내 일상을 현미경으로 보고 소소한 기쁨들을 찾아낼 수 있게 된 것, 그리고 내 마음이 눈곱만치의 불안함도 느끼지 않고 사람들을 받아들이게 된 것은 실로 기쁜 일이었다.

정말 마음이 잘 통하면 짐도 나누어 들고

아픈 어깨를 주물러줄 수도 있겠지만,

―――――――――

일단은 각자 걸어야 한다.

언제든 갈림길이 나오면 헤어져도 좋을 만큼의 거리를 유지하면서.

요가 매트 위에서
젤라또 먹기

이탈리아에서 머물 동네를 찾기까지는 꽤 많은 시간이 걸렸다. 조건이 까다로웠기 때문이다. 이탈리아어를 표준어로 배울 수 있으면서 요가 수업을 들을 수 있는 곳. 대도시에서도 맞추기 힘든 조건인데 한여름 휴가철에, 심지어 이탈리아 중부 산악 지대의 중세 시대 마을들 중에서 욕심을 부렸으니 쉬울 리가 없었다. 결국 요가 수업은 포기하고 스펠로를 목적지로 정했지만 미련을 버리지 못해 요가 매트를 가방 속에 꾹꾹 눌러 넣어 먼 길을 떠났다.

내가 배운 요가는 몸매 관리용이 아니라 정신 수양을 겸한 일종의 수련이지만, 보너스로 군살 없는 몸을 갖게 된 것도 사실이다. 그러다 보니 이탈리아행을 선택하면서 '살사도 요가도 헬스클럽도 없는 곳에 가서 파스타, 피자, 라자냐, 치즈, 와인의 유혹 속에 어떻게 뚱보가 되지 않을 수 있을 까' 하는 우려에 궁여지책으로 요가 도구라도 챙기게 된 것 이다.

정말로 수련에만 몰두하는 사람이라면 굳이 매트가 없어도 어디서든 할 수 있는 것이 요가다. 스테파노 말대로 그런 도 구들은 마음에 안정을 줄 뿐 실제로 도움 되는 것은 아니기 에. 장비를 바리바리 싸들고 대륙을 건널 수밖에 없었던 진 짜 이유가 '하루라도 수행의 끈을 놓을 수 없어서'가 아니 라 '살찌는 것이 두려워서'였던 나는 확실히 고수는 아닌 셈이다.

'살찌지 않겠다'는 나의 야심 찬 계획은 이탈리아에서의 첫 날부터 흔들렸다. 음식도 음식이지만 이탈리아 사람들은 특유의 즐거운 에너지로 입맛을 더욱 돋우곤 했다. 스펠로 에서의 첫 식사가 준 감동을 아직도 잊을 수 없다. 무엇을 원하는지 얘기할 새도 없이 자리에 앉자마자 코앞에 접시들이 쌓여갔다. 보기엔 더 이상 심플할 수 없는 요리들. 토마토와 모짜렐라 치즈를 큼직하게 썰어놓고 올리브오일을 뿌린 샐러드, 구운 가지와 치즈를 얹은 브루스케타, 방금 삶아낸 생면 위에 그보다 많은 양의 트러플을 즉석에서 갈아 얹은 파스타. 우선 토마토와 모짜렐라 치즈를 조금씩 썰어 입 안에 넣는 순간 하마터면 자리에서 일어날 뻔했다. 끝맛이 매콤한 올리브오일에 흥건히 적신 트러플과 생면 파스타를 먹었을 때는 실제로 벌떡 일어나고 말았다(과장 같겠지만 정말이다).

더구나 좋은 사람들과의 식사는 혀끝에서만 느껴지는 감동이 아니라 깊은 교감을 통해 엔도르핀을 마구 분비시켜 마음까지 행복해지는 일종의 수련 과정이다. 그러다 보니 처음엔 혹시 살이 찔까 봐 파스타나 빵에 거의 손을 대지 않다가 서서히 분위기에 녹아들어 음식에 대한 경계심을 조금씩 풀게 되었다. 그 타이밍을 놓치지 않고 젤라또가 내게 유혹의 손길을 뻗쳤다. 단 음식을 별로 좋아하지 않아서 아이스크림을 먹는 것이 거의 연간 행사 수준이지만, 이탈리아에 온 이상 적어도 젤라또 몇 개는 먹어봐야 하지 않나 하는 생각이 들었다. 한 가게 건너 하나씩 젤라또를 파는 동네에서 이 유혹을 뿌리치기란 쉽지 않았다. 결국 무장 해제된 나는 이탈리아식 젤라또는 미국식 아이스크림과는 천지 차이니 몸에도 해롭지 않고 살도 많이 찌지 않을 거라고 자기 합리화를 해가며 야금야금 맛을 들였다.

이런 날이 반복되면서 헐렁하던 바지가 조금씩 타이트해졌고 요가 매트를 펼치는 날은 점점 줄어들었다. 급기야 요가 매트를 요가 수련용이 아니라 젤라또를 먹기 위한 깔개로 쓰는 지경에 이르렀다. 돌로 지은 중세식 집 바닥에 매트를 깔고 앉으면 돗자리 저리 가라 할 정도로 시원했기 때문이다. 요가 매트 위에서 약간의 죄책감을 느끼며 젤라또를 먹던 어느 날, 한 번도 생각해보지 않은 의문이 강하게 밀려왔다.

'대체 나는 왜 날씬한 몸을 유지해야 한다는 집착에서 벗어나지 못하는 거지?'

막상 다이어트를 열심히 하지도 않으면서 늘 '다이어트'를 입에 달고 살고, 맛있는 걸 먹으면서도 은근히 죄책감을 느껴야 하는 이유가 뭘까. 생각해보면 나는 한 번도 과체중에 가까울 정도로 살이 찐 적이 없었다. 그런데 왜 그토록 다이어트에 대한 강박에 시달리며 살았던 건지 새삼 의아했다. 누군가는 '그렇게 조심하니 살찐 적이 없었겠지'라고 할 수도 있겠지만 말이다.

돌아보면 20대엔 비교적 이 강박에서 자유로웠던 것 같다. 뭘 먹어도 살이 잘 찌지 않고 약간 통통해지면 오히려 예뻐 보인다는 생각에 몸매에 그다지 집착하지 않았다. 그런데 30대에 들어서니 상황이 달라졌다. 조금만 배부르게 먹으면 옷 핏이 달라지고 20대 때처럼 며칠 음식 양을 조절한다고 쉽게 살이 빠지지도 않았다. 또 죽을 때까지 살이 붙을 것 같지 않던 부위들, 이를테면 등이나 팔뚝 같은 곳의 실루엣이 달라졌다.

게다가 대중에게 나를 드러내야 하는 직업이다 보니 아무래도 외모에 신경을 더 쓸 수밖에 없었다. 방송에 출연하지 않아도 아름답게 보이고 싶은 것이 인간의 자연스러운 마음인데, 남들에게 평가받는 일이 잦아지면 더 예민하게 반응할 수밖에 없지 않을까.

그러니 당연한 집착이라고 믿었다. 그런데 그날, 차가운 돌 바닥에 요가 매트를 깔고 앉아 선풍기 바람을 맞으며 젤라또를 먹다가 별안간 깨달았다. 누군가의 시선 때문이 아니었다. 남들의 평가 때문도, 직업적인 특성 때문도 아니었다. 그냥 내가 나를 있는 그대로 사랑하지 못한 것이었다. 있는 그대로의 나를 내가 온전히 인정했다면, 남들이 뭐라고 평가한들 전혀 문제가 안 되었을 것이다. 살이 오른 몸, 햇볕에 그을린 얼굴, 초라해 보이는 헤어스타일을 감추고 싶어한 건 나 자신이었다. 내가 자꾸만 나에게 더 완벽해지라고, 더 예뻐지라고, 너 말고 더 아름답고 날씬한 누군가를 원한다고 말하고 있었다. 그리고 이 역시 결코 '만족'이란 걸 모르는 내 안의 정신이 휘두른 횡포였다. 나는 너무나 일상적으로 내 마음에 상처를 주고 있었다.

생각이 여기에 이르자 가슴이 터질 듯한 해방감이 솟아올랐다. 이 고약한 집착으로부터 자유로워지자. 머리에 새집을 짓고 엉망인 나도, 뒤태가 환상적이지 않은 나도, 통통한 볼살에 기미가 올라온 나도 사랑스러운 면이 있다는 걸 나는 누구보다 잘 알고 있다.

그날 이후 나는 마음이 신호를 보낼 때면 언제든, 아무런 죄책감이나 망설임 없이 젤라또 가게로 직진했다. 헤이즐넛, 티라미수, 솔티드 캐러멜, 판나코타, 쇼콜라테, 리모네 등등 온갖 맛의 젤라또를 돌아가며 사서는 환상적인 맛을 최대한 음미하며 아낌없이 핥아 먹었다. 그동안 알게 모르게 나에게 족쇄를 채워온 정신이란 녀석에게 경고를 보내듯. 몹쓸 강박증을 떨쳐내고 '있는 그대로의 나'를 사랑해주기로 한 나 자신에게 박수를 보내며.

나를 감추고 싶어 한 건 나였다.

━━━━━━━━

더 완벽해지라고, 더 예뻐지라고,

너 말고 더 아름답고 날씬한 누군가를 원한다고,

너무나 일상적으로 내 마음에 상처를 주고 있었다.

그럼에도 계속
살게 하는 것

새로운 언어를 배우다 보면 특정 단어의 어원을 알고 흥미로운 발견을 할 때가 많다. 가령 '열정passion'이라는 단어의 뿌리를 살펴보면, 고대 라틴어의 어원인 'pati', 즉 '고통', '괴로움'이다. 좀 더 깊이 내포된 의미는 '해소되어야 할 고통'인데, 이것이 현대에 와서 스페인어로 'Pasión', 이탈리아어로는 'Passione'와 같이 비슷하지만 다른 언어로 변형되었다.

고대 라틴어, 고대 그리스어에서는 '극심한 고통'이라는 뜻으로 쓰이던 단어가 중세 이후에는 '비이성적이고 혼란스러운 감정'을 뜻하는 말로 쓰이기 시작했고, 이 말에 내포된 '고통스러운 감정'이라는 의미는 많이 퇴색됐다. 그렇게 점점 '열렬한 사랑'이 내포된 의미로 발전해온 것이다.

이 단어의 변천사를 나는 이렇게 해석한다.

모든 열정이 고통인 것은 아니나, 모든 고통은 열정이다.

극한의 노력으로 한계를 뛰어넘은 사람, 거듭된 실패에도 다시 일어나 사업에서 성공을 이룬 사람, 포기하지 않고 계속 시도한 끝에 평생의 꿈을 거머쥔 사람, 환경이 허락하지 않았음에도 피땀으로 놀라운 결과를 이룬 사람 들을 '열정적'이라고 하는 데는 이런 이유가 있을 것이다. 고통스러운 과정조차 에너지가 되는 격렬하고 격앙된 감정 자체가 열정 아닐까.

배우면 배울수록 점점 더 난해한 언어를 알고 싶어 하는 나의 '언어 사랑' 또한 내 삶의 큰 동력이 되는 열정이다. 이탈리아어를 배우다 보니 다음엔 포르투갈어, 그다음엔 그리스어, 그다음엔 라틴어, 산스크리트어를 배우고 싶은 생각이 고개를 든다. 가장 어렵다는 네덜란드어, 러시아어, 아랍어까지도 도전장을 내밀고 싶다. 생각에 그칠 수도 있지만, 상상만으로도 즐거운 도전이다.

산 넘어 산이라 할 정도로 힘든 과정의 연속이었던 한 달간의 이탈리아어 수업은 꺼져가는 불씨처럼 내 안에 남아 있던 열정을 다시 찾아내 활활 지펴주었다. 그리고 잊고 있던 삶의 가치를 다시금 상기해주었다. 결국 나를 살게 하는 것은 돈도 명예도 성공도 아닌, 그 어떤 고통도 감내할 수 있을 만큼 가슴을 뜨겁게 만드는 그 무엇이라는 것. 내 힘으로 통제할 수도 없고 못마땅한 일이 수두룩할지라도, 고통을 감수하고 깊이 몰두하고 사랑할 무언가가 있다면 그것대로 괜찮은 인생 아닐까.

엔리꼬의
마지막 선물

일정 기간 이탈리아에 머물러보면 누구나 이런 의문이 들 것이다. 이탈리아 남자들은 날 때부터 여성을 향한 지나친 관심과 사랑, 느끼한 감탄사를 연발하는 능력을 타고나는 걸까? 여자에게 추근대지 못하면 심장마비라도 걸리는 걸까? 어쩌면 그리도 하나같이 여자를 좋아하고 친절하고 칭찬이 헤프고 기사도 정신을 쉽게 발휘할까? 미혼이든 기혼이든, 소년이든 노인이든 예외가 없다. 진짜 관심이 있어서가 아니라 그냥 일상의 습관 같은 것이다. 그럼 이탈리아 남자 중에는 좋은 우정을 쌓을 만한 상대가 아예 없느냐 하면, 그건 아니다. 그럴 수 있는 사람도 있다는 걸 증명해준 이가 있다.

아무리 요리조리 피해도 따라붙는 이탈리아 남자들에게 지칠 무렵, 매우 점잖고 예의 바른 이탈리아 청년을 만났다. 옆 동네 담배 가게 사장 엔리꼬였다.

스펠로의 유명 레스토랑 에노테카 프로페르지오에 저녁을 먹으러 갔던 어느 날이었다. 마침 단체로 식사 중이던 그 집 주인 아들의 친구들을 알게 되었다. 그 마을에서 나고 자란, 순박하고 착한 청년들로 한눈에도 '선한 사람'임이 얼굴에 쓰여 있는 젊은이들이었다. 자연스럽게 통성명을 하다 합석을 했고 곧 친해지게 되었는데 그중에 엔리꼬가 있었다. 다른 친구들에 비해 유독 아시아 문화에 관심이 많은 그는 동양에서 온 나에게 궁금한 점이 많은 듯했다.

끈적하게 들러붙는 남자들만 보다가 순수한 이탈리아 청년과 두 나라 문화에 관한 대화를 나누니 매우 신선했다. 그날 이후로 나와 엔리꼬는 종종 만나 이탈리아어 연습도 하고 다른 친구들과 함께 파티에도 가고, 선선한 밤바람을 맞으며 젤라또 가게 투어도 하며 우정을 쌓았다. 또 그곳에 있는 동안 정체를 알 수 없는 벌레에 물려 고생이 막심했는데, 약국이며 병원에 가야 할 때도 엔리꼬의 도움을 받았다. 때로는 든든한 보디가드가 되어주기도 했다. '도대체 유부남들까지 왜 그리 추근대는지 모르겠다'는 내 말에 '의리라곤 눈곱만치도 없는 인간들!'이라며 흥분하던 순수 청년 엔리꼬.

세상을 보고 싶은 열망을 누르고 이탈리아 산골 마을에서 부모님 사업을 돕고 있는 그에게 한국에서 온 누나와의 만남은 꽤 특별했던 모양이다. 언어가 자유롭지 않은 곳에 잠시 머물고 있는 이방인인 나야말로 그런 친구의 존재가 얼마나 고마웠는지 모른다. 그가 내게 준 감동의 하이라이트는 마지막 날의 선물이었다. 떠나기 일주일 전, 엔리꼬는 특별한 계획이 없다면 마지막 날을 비워두라고 당부했다.

긴 여행을 마무리할 짐을 미리 싸두고 그를 따라나선 길. 끝까지 서프라이즈에 부쳐두었던 그의 선물은 다름 아닌 '지난 여행을 정리할 수 있는 시간'이었다. 스펠로 바로 옆 마을,

폴리뇨에는 엔리꼬의 고모가 운영하는 작은 호텔이 있었는데 이 깜찍한 청년은 나를 그곳으로 안내했다. 물론 호텔 전체를 세놓은 것은 아니었지만 그 지역 풍경이 한눈에 내려다보이는 명당 자리에 나를 위한 선 배드, 금방 나무에서 따온 복숭아, 시원하게 칠링된 화이트와인이 놓여 있었다.

이보다 완벽한 곳이 있을까 싶은 장소에 나를 데려다놓고는 그가 말했다.

"몇 달 동안 마음을 돌아보는 여행을 했다고 했지? 오늘 같은 날은 생각도 정리하고 머리에서 비워낼 건 비워내고 그래야 할 것 같아서 말이야. 난 조금 떨어져서 낮잠이나 잘 테니 내 집이다 생각하고 즐겨. 필요한 거 있으면 얘기해주고. 알겠지?"

하늘은 구름 한 점 없이 화창했다. 이글거리는 태양 아래 누워 있다 간간이 수영장에 몸 한 번 담그고 다시 해먹에서 잠깐 졸기를 반복했다. 백일에 걸친 긴 여행의 마침표를 찍기에 더할 나위 없이 완벽한 시간이었다.

많은 우여곡절이 있긴 했지만 오랜 시간 묵혀둔 버킷리스트도 하나씩 실현하고, 가슴에서 들려오는 소리에 귀 기울일 수 있었던 시간. 해먹에 누워 생각했다. 지금의 나는 정신과 마음, 몸이 균형을 이룬 상태일까. 마음을 사정없이 바닥으로 내리꽂던 우울감을 완전히 극복했다고 할 수 있을까. 이제 다시 나의 삶으로 돌아가 새롭게 시작할 준비가 된 걸까.

광활한 올리브밭과 작은 산간 마을들, 찬란한 황금빛 햇살이 오렌지빛을 머금은 노을로 서서히 변해가는 풍경을 바라보며 엔리꼬와 나는 마지막 와인 잔을 비웠다.

"여행한 곳 중 어디가 제일 좋았어?"

"글쎄. 이탈리아라고 말해야겠지만 솔직히 잘 모르겠어. 사실 다 좋았는데 이제 와서 이상한 생각이 드네. 마음의 평화나 행복은 장소랑 상관이 없다는 생각 말이야. 어디에 있는지는 중요한 게 아니구나, 뭐, 그런 생각. 왜 이러는 거지, 실컷 여행 잘하고서……."

엔리꼬는 말없이 매우 건조한 표정으로 담배를 피우며 먼 하늘을 잠시 바라보았다. 이럴 때 보면 동생이 아닌 삼촌 같은 면도 있다.

"그래서 이제 다음 계획은 뭔데? 한국으로 돌아가?"

"원래 그러려고 했는데, 요 며칠 생각이 바뀌었어. 그리고 오늘 네 덕분에 이런저런 생각을 하다 보니 확신이 드네. 한국으로 돌아가기 전에 가야 할 곳이 있어. 아직 만나야 할 사람이 남았거든."

"그게 누군데? 어디로 가려고?"

"내가 이 여행을 시작해야겠다고 결심하게 만든 분을 다시 만나봐야 할 것 같아. 그가 원했던 게 이런 것 같아. 그래, 그런가봐. 결국은 그에게 다시 돌아오길 바랐던 것 같아. 물어보고 싶은 게 너무나 많아. 언젠가 다시 만나면 너에게도 자세히 들려줄게. 정말 고마워. 너무나 아름답고 낭만적인 너의 마지막 선물, 오래 기억할게."

그제야 알 것 같았다. 그것은 여행의 끝이 아닌 시작이란 걸. 물리적인 여행은 끝나가고 있었지만 내 안으로의 여행이 나를 기다리고 있다는 것을. 어쩌면 이제야 비로소 수많은 의문에 대한 답을 얻을지도 모른다는 생각에 내 가슴은 다시금 기대감으로 부풀어 올랐다.

4부

지금 이 순간을
사랑하는 연습

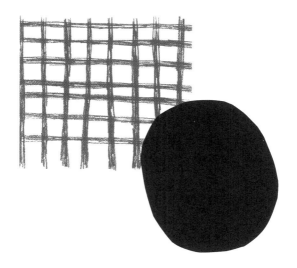

다시 시작된

감정 수업

비가 온다. 쨍쨍한 햇빛을 기대했지만 이것도 나쁘지 않다. 초록을 머금은 나무들과 빌라의 지붕 위로 방울방울 떨어지는 빗소리를 들으며 지난 여행에 대해 생각한다. 떠나기 전, 바로 이 침실에서 똑같은 풍경을 보았던 나와 지금의 나는 어떻게 달라졌을까. 뜨거운 물에 라임을 짜 넣어 한 잔 마시고 샤워를 한다. 그는 돌아온 나에게 무슨 얘길 해줄까.

오전 10시 루드라의 상담실 앞. 언제나처럼 환한 얼굴의 그가 반대편 계단으로 내려오며 손을 들어 보였다. 그의 인자한 미소를 보는 순간 이미 마음이 편안해진다. 상담실에 들어서자 그는 나에게 차를 권했다. 향긋한 차 한 잔을 앞에 두고 우리는 잠시 나의 100일간의 여행에 대해 이야기를 나누었다.

"그냥 머물러 있을 수가 없었어요. 선생님과 대화를 나누면서 변화의 절실함을 느꼈거든요. 어떤 얘길 해주셨는지 혹시 기억하시나요? 제 정신이 통제 불능으로 강해지고 마음의 상처가 커서 특단의 조치가 필요하다 하셨죠. 정신을 잠재우기 위해 일은 무조건 다 그만두고 마음이 원하는 것들을 찾아 즐기라고 하셨어요. 그래서 용기를 내어 떠났고요."

"잘했어요. 어디에 가서 뭘 했나요?"

"쿠바에 가서 춤을 추고 코스타리카에 가서 요가와 서핑을 하고 이탈리아에 가서 맛있는 걸 원 없이 먹고 이탈리아어도 배웠어요! 오랫동안 하고 싶었던 일들이었거든요. 정말 재미있고 행복했는데, 다 끝나고 나니 희한하게 해답을 얻었다는 느낌보다 궁금한 게 더 많아졌어요. 더 정확히 설명하면, 이제야 뭘 질문해야 할지 알겠다는 생각이 들었죠. 그래서 다시 오게 됐어요."

그는 시종일관 미소 띤 얼굴로 눈을 감은 채 천천히 고개를 끄덕였다.

"또 한 가지 신기한 경험을 했는데요, 여행의 마지막에 아주 강렬하게 떠오른 생각의 잔상이 사라지지 않아요. 어디에 머무는지는 중요하지 않다, 평화란 결국 마음속에서 발견해야 하는 것이다, 뭐 이런 생각들. 선생님의 의견을 듣고 싶었어요."

그가 다시 미소 지었다. 그렇게 활짝 웃는 모습은 본 적이 없었다.

"정말 기뻐요. 딱 내가 바라던 대로, 그리고 기대했던 대로 길을 찾아가고 있는 것 같아요. 잘 오셨어요. 우선 지난번 만났을 때보다 훨씬 더 밝아졌고 건강해 보여요. 좋은 에너지가 느껴집니다. 여행하는 동안 확실히 미나 씨에게 긍정적인 변화가 있었네요. 이전의 미나 씨는 외부의 사건들에 대해서만 신경이 곤두서 있었는데, 이제는 내면의 소리에 민감해진 것 같아요. 얼마나 머무시나요?"

"일주일 정도요."

"좋아요, 그럼 충분히 얘기를 나눌 수 있겠어요. 우선 오늘은 미나 씨 마음에서 꿈틀대기 시작한 아이들의 정체에 대해 말씀드릴게요. 그것들은 우리가 흔히 '감정'이라고 알고 있는 녀석들이죠. 기쁨, 분노, 슬픔, 행복, 혐오, 놀람, 공포…… 이런 것들이 다 감정인데, 우리가 생각하는 것보다 훨씬 더 중요한 역할을 해요. 어떻게 보면 거의 모든 것을 결정한다고 봐야 할 거예요."

"모든 것을 결정한다는 게 무슨 말씀이죠?"

"어떤 감정을 느끼느냐 하는 것은 호르몬 분비와 밀접하게 연결되어 있는데, 호르몬은 우리 몸을 지배하거든요. 우리 몸 곳곳으로 전달되는 일종의 신호 혹은 언어라고 보면 돼요. 어떤 호르몬이 분비되느냐에 따라 성장 속도, 신진대사는 물론 우리의 행동도 달라지게 되어 있어요. 즉, 감정에 따라 다른 호르몬이 분비되고, 그에 따라 우리는 다른 행동을 하고, 결론적으로 다른 사람이 될 수도 있다는 얘기죠. 그런데 미나 씨가 너무 바쁘게 살 적에는 정신의 지배를 받았고, 정신은 감정을 억누르려는 성향이 있다 보니 감정이란 녀석들이 자유롭지 못했을 거예요. 특히 정신의 끝없는 욕심 때문에 화, 초조함, 걱정 등은 많이 느낀 반면 긍정적인 행동을 유발할 수 있는 호르몬은 막혀 있었을 거예요."

"저는 이제 나이를 먹어서 감정이 무뎌졌다고만 생각했는데…… 억눌려 있었다는 말씀이죠? 한국에선 이렇게 얘기하거든요, 나이 들면 감정이 무뎌지고 둔해진다고. 그래서 어른이 된 뒤 감정 표현을 너무 많이 하면 주책없단 소리 듣기도 쉽고요."

루드라는 작게 소리 내어 웃었다.

"그렇지 않아요. 감정의 중요한 특성은 바로 성장하지 않는다는 데 있어요. 여덟 살 아이에게도 여든 살 노인에게도 똑같은 감정들이 존재해요. 아무리 나이를 먹어도 감정은 늙지 않아요. 아이도 슬픔과 분노를 느끼고 어른도 사랑과 공포를 느껴요. 단지 표현하는 법을 잊었거나 억지로 조절하고 있을 뿐, 우리 안에는 그 모든 감정이 똑같이 존재해요."

갑자기 '감정을 절제하고 사는 게 그렇게 나쁜 일인가'라는 의문이 들었다.

"감정을 누른 채로 살면 우리에게 어떤 부정적인 일이 있을 수 있죠?"

"감정은 삶의 질과 밀접한 관련이 있어요. 미나 씨와 내가 이렇게 서로를 이해해가면서 대화를 나누는 일이 어떻게 가능하다고 생각하나요? 언어? 물론 언어를 자유롭게 구사하는 것도 중요하지만, 감정적인 교감이 없으면 불가능해요. 서로 다른 두 사람이 소통하고 관계 맺는 것을 가능하게 하는 힘은 감정에서 나오거든요. 그러니 감정을 너무 억누르고 가두어두면 교감과 소통 능력이 떨어지게 되고 그것은 인간관계부터 사회생활, 결국은 우리 인생 전반에 부정적인 영향을 미칠 수밖에 없어요. 감정은 모든 인간의 공통분모인 셈이죠."

그때 그의 책상 위에 놓인 전화벨이 울렸다. 대화에 몰두하다 보니 시간이 훌쩍 지난 것을 둘 다 모르고 있었다.

"다음 세션이 있어서 아쉽지만 오늘은 여기서 마무리를 해야겠네요. 미나 씨 마음 안에서 드디어 조금씩 다시 꿈틀대기 시작한 감정들을 잘 관찰하고 보살피세요. 다음 시간부터 그 아이들을 어떻게 대하면 좋을지 차근차근 얘기해보도록 하죠."

감정의 특성은 성장하지 않는다는 데 있어요.

여덟 살 아이에게도 여든 살 노인에게도 똑같은 감정이 존재해요.
단지 표현하는 법을 잊었거나, 억지로 조절하고 있을 뿐이죠.

내 안의
아이에게 말 걸기

하루를 부지런히 시작한 새들의 지저귐은 아무리 들어도 질리지 않는다. 이곳에서는 신기하리만치 잠도 잘 오고 알람도 없이 일정한 시각에 눈이 떠졌다. 한차례 비가 내린 후 더욱 청명해진 하늘, 잔잔한 파도가 일렁이는 바다, 그 파도를 어루만지듯 부드럽게 내리는 햇살. 아름다운 아침 풍경을 보며 생각에 빠져들었다. 어떻게 하면 감정들이 더 자유롭게 깨어날 수 있을까.

낮 시간이 되니 날이 꽤 뜨거웠다. 상담실 창을 통해 들어오는 햇살에 눈이 부셨다. 다시 마주 앉은 루드라와 나. 아침 내내 나를 붙들고 있던 생각에 대해 먼저 이야기를 꺼냈다.

"이번에 여행을 가서 말이죠. 실제로 정신이 저를 조종하고 있다는 것을 깨달은 순간들이 있었어요. 얼마든지 자유로워도 되는데 자꾸만 행동을 자제하려 한다든가, 하고 싶은 걸 참는다든가 하는 경우들요. 제가 지양해야 하는 게 그런 거라고는 하셨는데 쉽지는 않더군요. 하지만 그걸 객관적으로 보게 된 것만으로도 반갑더라고요. 전에는 정신이 하는 짓을 전혀 눈치채지 못했으니까요. 제가 이상한 걸까요? 이 정도 갖고 다행이라고 느끼면 안 되는 건가요?"

내가 무슨 말을 잘못한 걸까? 평소 그답지 않게 바로 대답하지 않고 잠시 시간을 끌었다.

"환경을 완전히 바꾸어주니 그런 것들이 보이기 시작한 거예요. 좋은 현상이죠. 전에 말했지만 미나 씨의 정신은 하루이틀 단련된 상태가 아니거든요. 정신과 마음과 몸 사이의 힘 배분이 잘못되어 있다는 것을 느꼈다는 거, 그 자체만으로도 정말 축하하고 싶은 일이 맞아요. 그러니 그렇게 느끼면 안 된다거나 하는 생각은 하실 필요가 없어요. 그런데 미나 씨 얘길 들으며 드는 생각이……."

그는 또 잠시 뜸을 들인 후 말했다.

"본격적으로 감정에 대한 탐구를 시작하기 전에, 미나 씨 내면에 존재하고 있는 자아들에 대해 얘기해보는 게 좋을 것 같아요. 여행을 하면서 정신의 힘이 너무 강하다는 것은 알게 되었지만 아직도 미나 씨는 정신의 지배를 받고 있는 것 같거든요. 지금도 여행 때의 경험을 들려주면서 '이렇게 느끼면 안 되는 건가요?'라고 했는데, 혹시 미나 씨가 자기도 모르게 늘 '의무감'에 대한 얘길 한다는 거 알고 있나요?"

"의무감이요?"

"미나 씨의 말은 대부분 '어떻게 해야 한다' 혹은 '해서는 안 된다'로 끝나요. '하고 싶다', '하고 싶지 않다'라는 표현은 아주 드물게 쓰죠. 거의 들어본 적이 없어요."

그의 지적에 왠지 마음이 아팠다.

"아…… 그랬던가요? 뭐가 문제인가요? 어떻게 해야 할까요?"

"보세요, 또 무엇이 문제냐고 묻잖아요. 제 설명을 잘 들어 보세요. 우리에게는 '내면아이'라는 것이 있어요. 즉흥적이고, 단순하고, 이성적인 설명보다는 직관적인 행동이나 대응을 해줘야 하고, 자기가 원하는 것에만 관심 있고, 감정을 느끼는 데 자유롭고, 쉽게 상처받고 토라지기도 하지만 금세 풀리기도 하는, 말 그대로 어린아이 같은 자아이지요."

"그런 얘기는 들어본 적 있어요. 그 내면아이가 성장하지 않으면 문제가 생기는 거 아닌가요? 성인아이 증후군처럼……."

"꼭 그렇지는 않아요. 어떻게 개념 정리를 하느냐에 따라 다른데, 내면아이는 자라나는 것이 아니에요. 우리의 감정이 나이를 먹어도 성장하지 않는 것과 마찬가지로요. 다만 다른 자아들과의 조화가 필요한데, 그게 잘 이루어지지 않으면 문제가 생겨요. 다시 말해, 우리 안에는 어린 자녀를 통제하려는 부모랑 똑같은 역할을 하는 '내면부모'라고 불리는 자아가 있는데 바로 이 내면부모와 내면아이의 균형이 아주 중요해요."

나는 점점 그의 이야기 속으로 빨려 들어갔다.

"아주 쉬운 예로, 미나 씨가 '사탕을 먹고 싶다'라고 생각하는 것은 내면아이가 하는 얘기거든요. 그럴 때 '아니야, 그건 건강에 좋지 않고 살도 찔 테니 참아야 해'라고 하는 건 내면부모의 목소리죠. 우리가 의식적으로 느끼지는 못하지만 이 둘은 항상 이렇게 실랑이를 벌이는데요, 이때 누구에게 힘이 더 쏠려 있느냐에 따라 다른 행동이 나와요. 내면아이의 힘이 더 세면 아무런 죄책감 없이 사탕을 먹을 테고, 내면부모의 힘이 세면 그 욕구를 자제하겠죠."

"성인인데 내면아이의 힘이 더 센 사람도 있어요?"

"그럼요. 일반적인 기준으로 볼 때 과할 정도로 철없는 행동을 하거나 비이성적이고 즉흥적인 면이 있는 사람들은 그런 경우에 해당할 가능성이 높아요. 그런데 미나 씨는 정반대인 거죠. 내면부모가 너무 강해서 '하고 싶다'라는 생각은 무시되고 '해야 한다'라는 생각에 의해 대부분의 행동이 결정되는 거예요. 이게 중요한 이유는, 이러한 내면의 힘 불균형이 미나 씨의 인생 전반에 미치는 영향이 크기 때문이에요. 작은 습관부터 감정과 건강, 일은 물론이고 인간관계와 사랑에도요."

슬픔이 밀려들었다.

"저는 왜 그런 사람이 되었을까요……. 뭐가 잘못된 거죠?"

"지금 또 그 원인을 분석해서 자기 자신을 탓하려고 하잖아요. 이런 반응 역시 내면부모의 힘이 세다는 증거예요. 더 공부하고 더 노력하고 남들보다 뛰어난 성적을 내고 성공하라고 닦달하는 부모처럼, 자기 자신을 끊임없이 괴롭히고 문제가 있으면 자책하죠. 부모님이 권위적인 교육을 하지 않으셨는데도 결국은 스스로에게 부모 역할을 하며 살아온 거예요. 하지만 희망을 가져요. 성숙한 사람에게는 이 둘 사이에서 훌륭한 중재자 역할을 하는 '내면성인'이란 자아가 존재하는데, 그가 나서도록 하면 돼요."

나는 그 어느 때보다 집중해서 그의 얘기를 들었다. 내면성인은 또 뭐란 말인가. 완전히 이해하기는 힘들었지만 단 한마디도 놓치고 싶지 않은 말인 건 확실했다.

그는 잠시 내 표정을 살핀 뒤 다시 이야기를 이어갔다.

"사탕의 예를 다시 들자면, 둘이 서로 다른 걸 원하고 있을 때 내면성인이 나타나 얘길 하는 거죠. '양쪽의 말이 다 일리가 있어. 맛있는 사탕이니 먹고 싶은 게 당연하고, 몸에

안 좋으니 안 먹으면 더 좋고. 이렇게 하면 어떨까? 늘 건강
에 유의하면서 잘 살고 있으니 오늘은 예외적으로 한 번 먹
는 거야. 대신 앞으로 한 달간은 아무리 먹고 싶어도 참는
거지. 어때? 둘이 그렇게 동의해줄래?' 이렇게 말이에요."

"무슨 말씀인지 이제 조금 알 것 같네요. 어떻게 하면 그 내
면성인에게 힘을 실어줄 수 있을까요?"

"내면성인은 내면아이와 내면부모가 어느 정도 힘의 균형
을 이루면 자연스럽게 자기 역할을 할 거예요. 미나 씨는 호
기심도 많고 웃음도 눈물도 많은 걸로 봐서, 내면부모의 힘
을 조금만 절제해줘도 내면아이가 금방 활력을 되찾고 달
라질 것 같아요. 자, 이렇게 해보죠. 일단 앞으로는 '무엇을
해야 한다'라는 생각이나 말을 자제해보는 거예요. 그런 생
각이 들거나 그런 말이 튀어나오면 곧바로 '무엇을 하고 싶
다'로 바꾸도록 노력해보세요.

그리고 오늘은 하루 종일 본인의 내면아이와 데이트를 하
세요. 그 아이에게 하루를 온전히 비워 관심을 쏟아주면서
하고 싶은 것들이 뭔지 듣고 다 적어보는 거예요. 누군가 와
서 말을 걸거나 식사 제안을 해도, '미안하지만 오늘은 저

자신과 데이트 중이에요'라고 거절하면 좋겠어요. 멋진 데이트가 되길 바랄게요. 자, 그럼 내일 이 시간에 다시 만나죠."

하루를 온전히 비우고 나와 단둘이 하는 데이트라. 40년이 넘게 같이 살았는데 처음 시도해보는 일이었다. 오직 나에게만 집중하고, 내 마음이 하는 얘기를 뭐든 다 들어주는 시간. 왠지 설렜다. 노트 하나를 끼고서 해변을 향해 걸었다. 내 안의 내면아이가 하고 싶은 얘기를 원 없이 털어놔주길 바라며.

이미 벌어진 일과
일어나지 않은 일 사이

"데이트는 잘했나요?"

"네, 처음엔 좀 막막했는데 상상했던 것보다 훨씬 좋았어
요."

나 자신과 단둘이 시간을 보내는 미션 수행 다음 날, 아침부
터 루드라를 만나는 게 몹시 기다려졌다. 태국에 돌아온 후
세 번째 만남이다.

"이상한 얘기처럼 들릴 수 있지만 제가 저 자신에 대해 잘
모르고 있다는 걸 알게 되었어요. 비교적 '나를 알기 위한

탐구'를 많이 한다고 자부하며 살아왔고 다른 사람들에게
도 그 중요성에 대해 늘 강조해왔거든요. 또 지난번 상담과
여행을 통해서도 오로지 저 자신에게만 집중하려고 노력했
고요. 그런데 내면아이, 내면부모, 내면성인의 존재를 알고
다가가서 들여다본 저는 모르는 것투성이더라고요."

"아마도 그랬겠지요. 인식과 관점을 달리하면 이 세상의 모
든 것은 새로워지니까요."

그는 언제나처럼 차분함을 유지한 채 천천히 고개를 끄덕
였다.

"그러면서 한 가지를 알게 되었는데요, 제가 갖고 있는 모
든 문제의 근원에는 두려움이 깔려 있었던 것 같아요."

"좀 더 구체적으로 설명해볼 수 있겠어요?"

"네, 예를 들어 정신 혹은 내면부모가 너무 강해진 이유도
두려움이 많아서라는 거죠. 관계든 일이든 상관없이 결과
가 좋지 않을 경우 상처받는 것에 대한 두려움이 지나치다
보니 그렇게 된 게 아닌가 싶어요. 어떻게 설명해야 할지 잘
모르겠지만, 그런 느낌이 왔어요. 오늘 만남은 유난히 기다
려지더군요. 제 느낌이 맞는지 얼른 여쭤보고 싶었거든요."

루드라는 변함없이 잔잔한 미소를 머금은 얼굴로 천천히 입을 열었다.

"그렇지 않아도 마침 오늘 두려움에 대한 얘길 하려고 했는데 잘되었어요. 우선, 두려움의 정체에 대해 이해하는 것이 중요할 것 같아요. 두려움은 과거의 기억을 통제하려는 성질이자 미래에 대한 반응입니다. 우리 인간에게는 놀라운 기억력이 있어요. 보통은 뇌에 있는 기억 창고만을 생각하는데, 사실 우리 몸의 모든 세포는 어마어마한 양의 기억을 저장하고 있어요. 그렇게 저장된 과거의 기억은 현재를 조종하려는 성향이 있어요. 바로 그게 두려움이란 녀석의 정체이지요."

그의 말이 이렇게 어렵게 들린 건 처음이었다.

"무슨 말씀인지 잘 이해가 안 되네요. 인간에게 엄청난 기억 능력이 있다는 건 알겠어요. 평생 눈을 통해 본 것, 들은 것, 피부에 와 닿은 것, 음식으로 섭취한 것 등 모든 것의 기억이 어떤 형태로든 저장된다는 거잖아요. 놀랍긴 하지만 그럴 수 있을 것 같아요. 어디선가 읽었던 것 같기도 하고요. 그런데 과거의 기억이 현재를 통제하려 한다는 건 어떤 의미인가요?"

"잘 생각해보면 두려움은 어떤 패턴으로 반복되는 경향이 있어요. 아주 쉬운 예를 들어보죠. 저녁이 되면 외로움에 시달리는 한 사람이 있다고 칩시다. 약속이 없는 어느 날 집으로 돌아와 어두운 거실의 불을 켜는 순간 그 사람은 곧바로 허전함을 느끼고 주방으로 가서 맥주 한 캔을 꺼내 마십니다. 여기서 그의 행동을 분석해보면 이런 거예요. 집 안에 들어왔을 때 혼자 보낸 저녁 시간의 외로움에 대한 기억이 온몸의 세포에서 살아나 그 감정을 또 느낄까 봐 두려워진 것이고, 무의식의 조종에 의해 외로움을 느낄 수 없도록 감정을 마비시키는 길을 선택한 거지요. 즉, 과거의 기억이 없었다면 외로움에 대한 두려움도 느끼지 않았을 거란 얘기죠."

"힘들게 일하고 퇴근 후에 맥주 한잔 마시는 것도 그렇게 해석해야 한다면 인생이 너무 삭막해지지 않을까요?"

"맥주 한잔 마시는 걸로 끝나면 참 좋겠지만 욕망과 집착은 정말 한 끗 차이예요. 중독을 우리 힘으로 막을 수 있다면 좋겠지만 쉽지 않거든요. 인간은 수많은 것에 중독된 채, 그리고 그것을 의식하지 못한 채 살아가죠. 술, 담배, 마약, 섹스, 쇼핑…… 그 밖에도 셀 수 없이 많은 게 있을 텐데, 거기에 빠지는 궁극적인 이유가 두려움이라는 것을 아는 사람은 별로 없어요. 어두운 감정을 순간적으로 없애주는 것들, 예를 들어 방금 언급한 것들에 길들여지면 즐거운 기분이 들게 하는 호르몬 분비가 멈추게 돼요. 그런 호르몬을 내보내는 역할을 하는 기관이 '굳이 내가 일하지 않아도 필요할 때 외부의 힘을 빌리는구나'라고 여겨 손을 놔버리거든요. 그렇게 점점 외부 자극이 없으면 더 큰 외로움이나 두려움을 느끼는 악순환에 빠지고, 중독된 대상에 의존하게 되는 거죠.

미나 씨는 내면부모가 너무 강해서 본인에게 해가 되는 일들은 절제하겠지만, 그 대신 일에 중독되었던 거 아닐까요? 패배감이나 자괴감 같은 감정을 느끼는 것이 두렵고 일의 성취가 주는 쾌감도 있었겠죠."

자세한 설명을 듣고 나니 한편으로 마음이 편해지기도 했지만 웬일인지 긴 한숨이 새어 나왔다.

"결국 두려움이 원인이었다는 저의 느낌은 맞았네요. 그런데 그렇게 온몸에 각인된 기억이라면, 과연 벗어나는 것이 가능할까 싶은 생각부터 들어요. 이것도 지나친 걱정일까요? 저는 왜 이렇게 많은 두려움을 기억에 저장하게 되었을까요?"

"그런 기억이 없는 사람은 없어요. 우리가 어떤 것에 집착하는 현상 외에도 화, 질투, 스트레스 또한 같은 원리에서 느껴지는 감정이에요. 모두 지나친 감정 투자 혹은 이입으로 인해 갖게 되는 두려움에 대한 반응이에요. 그러니 미나 씨 혼자만의 문제가 아니고, 인간이라면 어느 누구도 피해갈 수 없는 일이랍니다. 중요한 것은 이제부터예요. 맨 처음에 했던 얘기로 돌아가서, 두려움이란 과거의 기억을 통제하려는 성질이자 미래에 대한 반응이라고 했던 것, 기억하세요?"

"네, 기억해요."

"잘 생각해보면 두려움은 모두 상상에서 비롯됩니다. 실제로는 벌어지고 있지 않은 일들에 대한 거죠. 과거는 '기억', 현재는 '경험', 미래는 '상상'이라고 볼 수 있는데, 두려움은 과거의 기억을 통해 미래를 상상해 느끼는 감정인 거죠. 이미 벌어진 일과 일어나지 않은 일 사이에서 느끼는, 실제가 아닌 감정이 그 정체입니다."

이제야 그가 무슨 말을 하려는지 조금 알 것 같았다. 마무리할 시간이 다가왔지만 여기서 대화를 끝내기는 너무 아쉬웠다.

"저…… 두려움에 대한 얘기를 더 듣고 싶은데요, 혹시 대화를 계속 나눌 수는 없을까요?"

"그럴까요? 오늘은 마침 일정에 여유가 있네요. 대신 잠깐 휴식 시간을 갖지요. 제가 차를 더 우려 오겠습니다. 어떤 차를 드시겠어요?"

그가 자리를 비운 사이 상담실 발코니로 나가 잠시 생각을 정리했다. 한껏 해를 받은 세상이 한눈에 들어왔다. 과거는 기억, 현재는 경험, 미래는 상상. 어쩌면 나는 두려움 때문에 과거와 미래 사이를 옮겨가며 살았나 보구나. 내 몸과 영혼이 함께 과거나 미래가 아닌 현재에 머물러 있는 것을 의식하려 애쓰던 스테파노의 요가 수업이 떠오르며 어렴풋이

퍼즐의 조각들을 어떻게 맞추어야 할지 알 것도 같았다.

이제 그에게 묻고 싶은 것이 명백해졌다.

　　어떻게 하면 두려움을 극복할 수 있을까요?

이 아픔은
내가 다스릴 수 있어

"생강과 레몬그라스를 우린 차예요. 조금 따라드릴까요?"
그가 내미는 찻잔에서 매콤하고도 청량한 향이 진하게 올라왔다. 약간 나른했던 터에 한 모금 마시니 온몸에 뜨거운 기운이 돌며 정신이 맑아졌다.

"정말 향긋하고 좋네요. 감사해요. 잠깐 바다 보면서 생각해봤는데요, 두려움의 정체에 대해서는 어느 정도 알 것 같은 느낌이 들어요. 이제 두려움을 극복하는 방법을 배우면 되는 건가요?"

"결론부터 얘기하자면, 두려움은 극복하는 게 불가능해요."

"네? 불가능하다고요?"

마법 같은 해결책을 기대한 건 아니었지만 너무 뜻밖의 대답이었다.

"두려움은 극복하거나 떨쳐내야 하는 존재가 아니고 그럴 수도 없답니다. 아까도 얘기했지만 두려움은 실체가 없어요. 과거의 기억이나 미나 씨의 상상 속에 있죠. 과거 경험에 대한 과민 반응과 미래에 벌어질지도 모른다고 생각되는 일에 대한 상상이 만들어낸 결과물이라 존재하지 않기 때문에 없앨 수도 없는 거죠. 우선, 미나 씨는 두려움을 너무 나쁜 상대로만 인식하는 것 같은데 그것부터 우리 한번 생각해봐요."

"두려움이 부정적인 감정이 아니라는 말씀이세요?"

"인류의 역사를 한번 생각해봐요. 인간이 두려움을 몰랐다면 아마 지금의 우리는 존재할 수 없었을 거예요. 맹수가 나타났을 때 두려움을 느껴 몸을 피하는 본능은 수많은 인류의 조상들 생명을 구했지요. 신체적인 두려움은 우리가 큰 위험으로부터 안전할 수 있도록 도와주고요."

그러고 보니 예전에 비슷한 얘기를 들은 적이 있었다.

"스키랑 승마를 배울 때 코치들이 그런 얘길 해줬어요. 제가 워낙 겁이 많은 스타일이라 진도가 느려 창피했는데 저 같은 사람이 사고를 안 당한다면서 오히려 장점이라고 하더군요. 적당한 두려움은 안전하게 스포츠를 즐기는 데 큰 도움이 된다면서."

"네, 바로 그거예요. 신체적인 두려움은 그렇게 긍정적인 면이 있어요. 문제는 감정적인 두려움인데요, 이런 것들이죠. 상처받을까, 거절당할까, 사랑받지 못할까, 버림받을까, 실수할까, 보잘것없이 느끼면 어쩌나, 실패하면 어쩌나, 남들이 뭐라고 생각할까……. 어때요? 미나 씨의 두려움도 이런 것들이죠?"

그의 말이 맞았다. 어릴 때부터 형제, 친구들과 나를 비교하기 시작하면서, 학교를 다니고 관계를 맺으며 수많은 잣대와 시험에 평가받으면서, 때로는 하루에도 몇 번씩 여러 종류의 두려움을 느껴왔다.

"학교 다닐 때 열심히 공부한 것부터가 그런 이유 아니었을까 싶어요. 동기부여가 잘되는 성실한 학생이었던 것도 사실이지만, 그 이면을 들여다보면 실패에 대한 두려움이 큰 아이였을 수 있죠. 부모님께 반항하는 일이 없었던 것도 그래요. 천성적인 면도 있겠지만, 그렇게 했을 때 얻게 되는 결과들이 무서웠을 거고요. 번아웃이 될 때까지 무리해서 일했던 것도 책임을 다하지 못하는 것에 대한 두려움이 아니었을까 싶네요.

다시 말하지만 자책할 필요는 없어요. 대부분의 사람이 겪는 문제입니다. 본인은 못 느꼈을 정도로 작은 과거의 경험부터 트라우마까지 몸에서 아주 예민하게 기억해두고 있다가 반응하거나, 혹은 반대로 한 번도 실패의 경험이 없는 일에 대해 어마어마하게 끔찍할 거라고 상상의 나래를 펼치다 보니 두려움을 갖게 되는 거지요. 이제 아시겠어요? 모두가 과거 아니면 미래와 연결되어 있다는 거 말이에요."

"네, 확실히 알 것 같아요. 그런데 실체가 없는 것과의 싸움이라…… 이제 뭘 어떻게 하면 좋을까요?"

"두려움이 실존하지 않는 것이라는 걸 이해하는 것만으로도 반은 왔어요. 지금부터 할 일은 두려움을 피하려 하지 말고 있는 그대로 받아들이는 거예요. 만약 누군가 미나 씨 눈을 가리고 앞으로 걸어가보라 하면 어떨 것 같아요? 아무런 위험이 없는 꽃길이라도 두려워서 한 발짝 떼기가 힘들 거예요. 하지만 앞을 다 볼 수 있는 상태로 해골이 깔려 있는 무시무시한 길이나 가시밭길을 가라고 하면 끔찍하긴 하겠지만 조심조심 걸어나갈 수 있을 테고, 눈을 가리고 꽃길을 걷는 것보다 오히려 덜 두려울 거예요. 바로 여기에 답이 있어요.

두려움을 있는 그대로 직시하세요. 내가 어떤 일로 상처받았고 얼마나 아픈지, 어떤 일에 실패해서 얼마나 큰 어려움을 겪어야 하는지, 바보 같은 실수를 해서 지탄받아야 할 때나 누군가에게 버림받았을 때에도 그냥 그 사실을 인정하고 있는 그대로 받아들이려고 해보세요. 두려움은 도망치거나 벗어나려 하면 점점 더 커져서 미나 씨를 덮칠 거예요. 하지만 눈을 똑바로 뜨고 마주하는 순간 생각보다 별거 아니라는 걸 알게 되지요. 더구나 현재에 존재하지 않는다는 것도요. 그렇게 되면 자연스럽게 두려움보다 '나'가 커지고 감정을 인식하고 움직이는 지성이 큰 힘을 발휘하게 됩니다. 그것이 소위 말하는 감성지능이란 거지요."

그의 말을 듣고 있는데 갑자기 코끝이 찡해졌다. 나를 괴롭히는 두려움들 앞에서 내가 커지는 걸 상상하는 것만으로 왠지 큰 위로가 되었다.

"저에게 그런 감성지능이 있는지 모르겠지만 노력해볼게요. 제가 제대로 이해한 건지 모르겠어요. 바보 같은 예를 하나 들어볼게요. 주사를 맞으러 병원에 갈 때, 맞기 전엔 너무 무섭지만 막상 주삿바늘이 들어가 통증을 느끼고 나면 그때부터 공포감은 사라지잖아요. 그와 비슷한 맥락일까요?"

"맞아요. 신체적 공포라는 것만 다를 뿐 원리는 같아요. 상처나 아픔을 의식적으로 받아들이는 순간 두려움은 작아질 수밖에 없어요. 여기서 정신의 역할을 한 번 더 생각해봐야 하는데, 정신은 언제나 문제를 해결하고, 생존하기 위해 무엇이든 하고, 쉬지 않고 박차를 가하는 일에 총력을 기울이거든요. 그렇기 때문에 정신에게 '진정해. 그렇게까지 하지 않아도 이 정도 아픔은 내가 다스릴 수 있어'라고 말해줄 수 있으면 나중엔 두려움이 작아지는 데서 끝나지 않고 되레 에너지와 기쁨으로 승화되는 경험까지 할 수 있어요. 적당히 무서운 공포영화는 즐기게 되는 것처럼요. 이게 바로 두려움에서 도망치려 하지 말고 당당하게 마주하고 현명하게 공존하는 방법을 배워야 하는 이유예요. 정신을 진정시켜 힘의 밸런스를 맞추는 일을 하는 게 감성지능이거든요. 다음 시간에는 감성지능을 어떻게 키울 수 있는지에 대해 얘기해봅시다. 오늘도 수고하셨어요."

상담실 문을 나서는데 나도 모르게 눈시울이 뜨거워졌다. 두려움의 정체를 비로소 알게 되면 이런 기분이 드는 걸까. 더는 무서워하지 않아도 될 것 같은 안도감, 그동안 필요 이상으로 힘들었던 것에 대한 억울함이 밀려왔다. 어김없이 큰 위로가 된 대화를 뒤로하고, 이제 더는 두려움을 외면하거나 피하지 않을 수 있기를 바라며 숙소로 발길을 옮겼다.

두려움을 있는 그대로 직시하세요.

내가 어떤 일로 상처받았고 얼마나 아픈지,

어떤 일에 실패해서 얼마나 큰 어려움을 겪어야 하는지.

행복은

밸런스예요

"오늘은 컨디션이 어때요?"

언제나처럼 다정하고 인자한 말투로 루드라가 물었다.

"아주 좋아요. 어제도 잠을 푹 잤어요."

"다행이네요. 감정을 들여다보며 얘기 나누는 일이 생각보다 에너지 소모가 크거든요. 평소보다 많은 감정을 쏟아내고 외면하고 싶은 감정도 똑바로 마주하다 보면 지칠 수 있어요. 육체적 피로 못지않은 고단한 과정인데 잘 따라와줘서 기뻐요. 오늘은 어제 예고한 대로 감성지능에 대한 얘길 할 거예요."

그의 말이 옳았다.

그와 대화를 이어갈수록 나는 매일 새로운 코스에서 달리기를 하는 기분이 들었다. 숨이 가득 차오를 때쯤 멈추었다 다시 뛰는 기분. 그럼에도 소진되는 것이 아니라 새로운 활력으로 충전되는 느낌.

"현대의 교육은 지식의 축적만을 우선하다 보니 감성지능을 키우는 일에 소홀하죠. 그 결과 많은 이가 그 중요성을 의식하지 못하고 살아가는데요, 감정을 이해하고 잘 다룰 줄 아는 것은 매우 중요합니다. 첫 시간에도 얘기했듯이 감정은 우리의 모든 행동을 결정하는 핵심적인 역할을 하거든요.

인간관계에서뿐 아니라 사회생활에서도 수많은 문제를 해결할 수 있는 열쇠가 그 안에 있어요. 본격적으로 이야기 나누기 전에 꼭 짚고 넘어가야 할 것이 있는데, 감정을 조절하는 능력을 감성지능이라 하지만 감성지능이 감정만 다루는 것은 아니라는 거예요."

"정말요? 그럼요?"

"잘못 알고 있는 사람들이 많죠. 제가 설명해드릴게요. 외부의 자극을 받았을 때, 우리 뇌 안에서는 이성과 감정을 주관하는 부분이 동시에 반응하게 되는데요. 그 둘을 적절히 활용하고 밸런스를 맞출 수 있는 힘을 감성지능이라고 해요. 그래서 감성지능은 자신을 인지하는 일과 사회적 관계를 맺는 일 모두에 영향을 미치죠.

지난 시간에 미나 씨가 본인에게 얼마만큼의 감성지능이 있는지 모르겠다고 했지만, 감성지능은 유년기가 지나면 대개 그대로 유지되는 아이큐와 달라요. 성인이 되어서도 계속 발달시키고 키울 수 있죠. 미나 씨는 지금까지 해온 일들을 봤을 때 아마도 직관이 뛰어나고 사교성이 좋은 사람이라 감성지능이 상당히 좋을 거라고 추측할 수 있어요. 하지만 이 감성지능은 주변 환경에 영향을 많이 받기 때문에, 근래에 미나 씨가 살아온 패턴을 감안하면 제 기능을 못 하고 있었을 수 있죠."

"정말 아이러니하네요. 제가 감성지능의 중요성에 대한 강의를 하는 사람이고, 그와 관련된 비즈니스도 지난 몇 년간

했는데 말이에요."

"착각할 수 있지만 잘 생각해봐요. 미나 씨는 감성지능 향상을 위한 셀프 트레이닝을 한 게 아니고 그런 지식을 바탕으로 일을 한 거잖아요. 둘은 엄밀히 다르죠."

정말 뼈아픈, 그러나 예리하고 정확한 지적이었다.

"직장 생활을 할 때는 물론이고 이후에 책을 쓰고 언론사 편집인으로 일하고 사업을 하고…… 시간 대비 얼마나 많은 일을 했는지 한번 생각해봐요. 감성지능을 강하게 만들려면 질 높은 수면, 휴식, 긴장이 완화되는 모든 행위나 운동, 이런 것들이 필수예요. 그런데 너무 바쁜 미나 씨의 삶엔 그런 시간이 충분하지 못했죠. 뛰어난 감성지능을 갖고 있던 사람이라 해도 여유 없는 상황엔 점점 그 능력을 잃어갈 수 있어요.

그런 데다 한국에서의 삶은 감성지능을 키우기 힘든 환경이에요. 입시에 시달리는 청소년기야말로 감성지능을 키워줘야 할 때인데 그 부분은 마비시키고 지식 축적에만 열을 올리죠. 직장인들은 어떤가요. 지나친 경쟁, 세계에서 최고로 많은 노동시간, 최저 휴가 일수와 수면시간, 퇴근해서도 자녀교육 때문에 달리기를 멈출 수 없어요. 한마디로 끝이 없죠. 전형적인 길을 걸어오지 않았지만 그런 환경에서 살았고 좋은 성과를 올려왔고, 그만큼 노력해야 했던 것이고, 그 모든 세월이 켜켜이 쌓여 힘들었을 거예요."

"사실 제가 해온 일은 언제나 잠과의 전쟁이었어요. 겉으로는 화려해 보여도 방송사 일은 체력적으로 정말 고된 일이거든요. 뉴스를 다루는 매체의 대표란 직업도 24시간 전 세계에서 일어나는 온갖 사건 사고에 촉각을 곤두세워야 하고, 사업은 말할 것도 없고요. 스위치를 끄지 않고 계속 가동해야 하는 일이니까요. 그러니 제시간에 침대에 누워도 자주 깨곤 했어요. 꿈속에서조차 일 문제로 고민하고, 푹 잤다 싶은 날도 하루 종일 피곤한 경우가 잦았어요. 여행을 다니지만 그것도 업무의 일환일 때가 많았고 몰아서 쉬긴 했지만 일상으로 돌아오면 밀린 일을 한꺼번에 해야 하니 다시 힘들어지곤 했죠. 잠을 잘 못 자면 건강에 악영향을 미친다는 건 알고 있었지만, 그게 감성지능하고도 연결되어 있는 줄은 몰랐어요."

"그렇게 질 낮은 잠을 잤다는 것은 만성적 스트레스와도 연관이 있는데요, 그건 교감신경이 지나치게 활발하고 예민한 상태라는 걸 의미하죠. 우리 몸에는 교감신경과 부교감신경이란 것이 있는데 이 둘은 뇌의 명령과 별도로 반응하게 되어 있어요. 교감신경은 싸움, 도망, 공포, 긴장에 관련된 것인데 원래는 신체적 위협에서 우리를 보호하기 위해 발달된 거예요. 심장 박동이 빨라지고 근육에 힘이 들어가고 순발력이 좋아지도록 돕는 거죠.

그런데 불행하게도 현대사회에서는 다른 것들에도 반응해요. 교통체증이 심할 때, 관계에서 갈등을 겪을 때, 과중한 업무에 시달릴 때도 위협받는 상황이라 느껴서 교감신경이 앞으로 나서게 되는 거죠. 부교감신경은 대개 반대의 일에 관여하는데, 구체적으로는 긴장 이완, 휴식, 에너지 보충, 이런 일을 맡고 있어요.

현대사회는 교감신경이 지나치게 활발해질 수밖에 없는 환경이에요. 그런 데다 일에 너무 몰두하면 교감신경이 계속 깨어 있어 부교감신경이 일하기가 너무 힘들어져요. 교감신경과 부교감신경의 균형은 정말 중요한데요, 이게 잘 이루어지려면 교감신경이 적당한 시점에 일을 멈추고 부교감신경의 도움을 받아 매일 한 번은 질 높은 수면을 충분히 취하고 긴장을 풀어줘야 하거든요. 그렇지 못한 상황이 이어지면 결국 균형은 깨지고, 교감신경은 브레이크가 고장 난 자동차처럼 멈추지 않고 계속 달리고, 정신은 문제 해결을 해야겠다고 느껴 지나치게 긴장된 상태로 풀 가동을 하게 되는 거예요. 그러니 당연히 몸이 안 좋아지고 정신도 피폐해지죠. 결국 모든 에너지가 소진되고 부교감신경은 완전히 전원을 끄고 교감신경이 파업을 선언하게 되면 그게 번아웃인데, 이것 역시 인간이 스스로를 보호하기 위한 방법을 찾는 거라고 볼 수 있어요."

"이제 정말 모든 게 이해가 되네요. 결국 적절한 휴식을 통해 균형을 맞추며 감성지능을 키우는 것이 삶의 질을 높이고 모든 것을 달라지게 한다는 얘기인 것 같네요. 지난번 여기 왔을 즈음엔 정말 힘들었는데, 다행히 너무 늦기 전에 선생님을 만나서 지난 몇 달 쉴 수 있었어요. 덕분에 그 균형이 전보다 훨씬 좋아진 느낌이에요. 그런데 이제 한국으로 다시 돌아가면 일상의 스트레스는 어떻게 다스려야 하는지가 궁금해요. 무엇보다 제가 또다시 정신에게 휘둘려 일중독에 빠져 살게 될까 봐 걱정이에요. 어떻게 하면 좋을까요?"

"일상으로 돌아가서 어떻게 할지는 정말 중요한 문제죠. 오늘도 얘기가 길어지는군요. 우리 잠시 쉬었다가 다시 이야기를 나누도록 해요."

미니

휴가

"일상으로 돌아가서 어떻게 해야 하느냐고 물었죠? 지난번에 만났던 미나 씨는 특단의 조치가 필요한 상태였으니 긴 여행을 권했지만 지금은 달라요. 일에 몰입하다 지쳐 나가떨어질 때쯤, 자신에게 큰 포상을 하려 하지 말고 매일 한 번씩 휴가를 떠나세요."

"네? 그게 무슨 말씀인가요?"

"하루 한 시간이라도 휴가라 생각하고 시간을 보내보라는 얘기예요. 번아웃을 막으려면 정신에게 휘둘리면 안 되고,

본인 의지대로 정신이 일하거나 멈추도록 제어할 수 있어야 해요. 그래야 교감신경과 부교감신경의 균형을 맞출 수 있거든요. 미니 휴가는 정신을 컨트롤하는 데 큰 도움이 될 거예요."

"제겐 여전히 비현실적인 얘기로 들려요. 저도 매일 휴가 같은 시간을 낼 수 있다면 참 좋겠지만 실상은 그렇지 않거든요. 어떤 날은 정말 눈코 뜰 새 없이 바쁘고요. 아마 한국엔 저처럼, 혹은 저보다 훨씬 바쁘게 생활하는 사람이 많을 거예요. 그런 일상에 미니 휴가를 끼워 넣는다는 게 가능할까요?"

루드라는 무슨 말인지 알겠다는 듯 고개를 크게 끄덕여 보였다.

"미니 휴가를 너무 어렵게 생각하지 않아도 될 것 같아요. 한 가지 흥미로운 실험에 관한 얘기를 들려줄게요. 실제로 진행한 실험 결과인데요, 강도 높은 스트레스를 받은 사람들에게 하루 딱 5분의 시간을 내어 자기가 좋아하는 일이나 사랑하는 사람을 머릿속에 떠올리도록 해봤어요. 우리가 흔히 '웰빙'에 도움 된다고 생각하는 거창한 것들, 헬스클럽을 가고 근사한 레스토랑에 가고 스파에 가서 마사지를 받는 것이 아니라, 그냥 잠시 일을 멈추고 사랑하는 대상을 떠올리게 한 거예요.

그런데 놀랍게도 그들의 스트레스 호르몬의 30퍼센트가 순간적으로 줄어드는 것을 발견했어요. 사무실에 앉아 눈을 감고 지난여름 즐거웠던 한때, 사랑하는 가족과의 행복한 순간, 좋아하는 취미 같은 걸 떠올리는 것만으로 스트레스 호르몬이 줄어든다는 건 우리에게 큰 의미가 있어요. 이런 시간을 규칙적으로 반복하면 놀라운 결과를 만들어낼 수 있거든요. 호르몬이 얼마나 중요한지는 이미 얘기해드렸고요. 시간을 많이 내지 않아도, 어딘가로 이동하지 않아도 괜찮아요. 심신이 극도의 피로를 느낄 때까지 치닫지 않고, 하루 중 잠깐의 틈을 내어 공원을 산책하거나, 두어 가지 요가 동작을 해보거나, 명상을 하거나, 그도 어려우면 5분이라도 하늘을 바라보는 시간을 만들고 그것을 매일 떠나는 미니 휴가라고 생각하는 거예요. 반복해서 실천한다면 아마 미나 씨 삶에 놀라운 변화가 일어날 거예요.

정신은 욕심이 많아서 모든 것이 자기 기준으로 완벽해지기 전까지 축배를 들지 않으려 할 겁니다. 어떻게든 문제를 찾으려고 하죠. 거기에 휩쓸리지 않도록 중간중간 멈추고 작은 일에 감사하고 즐기고 축하하고 스스로 칭찬하고 격려해줘야 해요. 그러면 잠도 더 잘 주무실 수 있을 거예요. 질 높은 수면이 얼마나 중요한지에 대한 얘기 기억하시죠?"

"좋았던 순간을 잠깐씩 떠올리고 잠을 잘 자는 것이 그렇게 큰 힘을 발휘한다니……. 말씀하신 대로 그리 어렵지 않은 일이네요. 꼭 실천해볼게요. 그동안 제가 이해하고 있던 휴식의 개념과는 많이 달라서 더 흥미롭네요."

일상의 작은 변화로 큰 효과를 낼 수 있다는 그의 말은 상당히 희망적인 얘기로 다가왔다. 이렇게 쉬운 길이 있는 걸 진작에 몰랐던 것이 억울할 지경이었지만, 이제라도 알게 됐으니 다행이다 싶었다.

"그렇게 교감신경과 부교감신경이 조화롭게 일할 수 있는 환경을 만들고 미나 씨가 주도권을 쥐게 되면 휴식을 취하는 동안 감성지능이 계속 자라나겠죠. 따라서 깨어 있는 동안 이성과 감정을 잘 조절할 수 있게 될 거예요. 그 결과는 정말 엄청날 겁니다. 좋은 결정과 선택을 할 수 있는 힘, 변화에의 적응력, 스트레스와 분노 조절 능력, 믿음과 확신을 갖는 힘, 융통성, 회복 탄력성, 소통 능력 등등 관계와 일에 영향을 주는 거의 모든 능력이 강해질 수 있거든요."

"사실 저는 잠을 제대로 못 자고 휴식을 나중으로 미룬 일이 그 모든 것의 발목을 잡고 제 인생을 고난에 빠뜨렸다는 게 무엇보다 충격이에요. 믿기 어렵기도 하고요. 몰아서 주말에 자거나 길게 휴가를 가면 재충전될 수 있다고 믿었거든요. 이제 모든 게 이해되긴 했는데 과연 제가 배운 대로 잘 실천할 수 있을지 모르겠어요."

그는 다시 한 번 잔잔한 미소를 띤 얼굴로 말했다.

"다음 시간에 구체적인 방법에 대해 얘기해봐요. 마음을 안정시키고 현재에 집중한다는 게 어떤 건지. 일단 오늘은 미니 휴가를 꼭 실천해보고 푹 주무실 수 있길 바랄게요."

품고,
바라보고, 기다리기

무서운 기세로 세상을 달구던 태양이 서서히 숨을 죽이고 부드러운 빛을 뿜기 시작하는 시각, 광합성에 열을 올리던 풀과 나무도 휴식에 들어갈 채비를 한다. 아름다운 노을이 내리길 기다리는 바다와 한 폭의 엽서처럼 그 풍경을 완성해주는 야자수들. 이 사랑스러운 섬, 코사무이는 내 인생을 바꾼 곳이나 다름없다.

루드라와 특별한 장소에서 만나기로 약속한 날, 상담실 대신 멀리 바다가 보이는 야외 정자에서 석양이 지기 직전 그를 기다렸다. 조금 일찍 도착해 수줍게 일렁이는 바다를 보며 앉아 있는데 여러 가지 기억과 생각이 스쳤다. 루드라와 나눈 대화들, 내 안에 일어난 변화들, 전에 없이 느끼는 감사함과 충만함. 이제 내 삶의 터전과 일상으로 돌아갈 때가 다가오는데 과연 나는 준비가 된 걸까.

"안녕하세요, 미나 씨. 이 장소 마음에 들어요? 오늘 바다가 아주 예쁘네요."

"마음에 들고말고요. 게다가 지금은 여기서 시간을 보내기 가장 완벽한 때인 것 같아요."

그가 흐뭇한 미소를 지었다. 루드라와 나는 바다를 옆에 두고 마주 앉았다. 짧은 명상을 하기 위해 가부좌를 튼 채로 양손을 무릎에 올리고 눈을 감는다. 바다를 바라보고 있을 때와는 또 다른 느낌으로 다가오는 바람과 세상, 보지 않을 때 비로소 살아나는 감각들.

문득 코스타리카에서 스테파노가 늘 강조했던, 보지 말고 느끼라는 얘기가 떠올랐다. 코스타리카 바닷가의 환한 햇살과 아름다운 해변, 파도가 눈앞에 있는 것 같은 착각이 들었다.

바로 그 순간, 루드라의 목소리가 나를 다시 태국으로 데려다놓았다.

"자, 그럼 이제 눈을 뜨고 대화를 시작해볼까요? 우리가 다시 만나 시간을 보낸 지 5일째인데, 그동안 나눈 이야기 중에 지금 이 순간 미나 씨에게 가장 먼저 떠오르는 건 뭐죠?"

"네, 정말 많은 걸 배웠지만 무엇보다 두려움에 관한 얘기가 제일 인상적이었어요. 과거의 기억이나 미래에 대한 상상을 배제하고 현재에 머물러 문제를 직시하면 힘을 얻을 수 있다고 하셨잖아요. 그런데 생각해보면 감성지능도 그렇고 관계에서 행복을 느끼는 것, 일에서의 성공 등 대부분의 문제가 현재의 순간에 집중할 수 있느냐, 아니냐와 관련된 것 같다는 생각이 들어요."

진지한 표정으로 내 말을 듣던 그가 눈을 지그시 감고 고개를 끄덕였다. 워낙에 예사롭지 않은 인품을 지닌 사람이지만, 야외에서 황금 햇살을 받고 있으니 등 뒤로 후광이 비추는 것처럼 보였다.

"많은 생각을 했군요. 아주 좋아요. 현재를 사는 것은 매우 중요하죠. 현재에 집중한다는 얘기도 틀린 건 아닌데, 부연 설명이 필요할 것 같아요. 마음챙김이란 용어가 세계적으로 화두이자 트렌드인데, 우리 삶의 질을 높여줄 수 있는 마음챙김이란 억지로 현재의 순간에 정신을 집중하는 것과는 달라요. 그보다는 현재 시점에 집중하되 현재에 머물고 있는, 혹은 일어나고 있는 모든 내외적인 요소와 존재, 감정, 자극 등을 아무런 판단 없이 있는 그대로 받아들이는 것을 의미합니다. 이렇게 들어서는 좀 어렵죠? 제가 질문을 하나 할게요. 만약 미나 씨가 어떤 일에 작정하고 집중하려 한다고 칩시다. 그럼 실제로 총 몇 퍼센트의 시간 동안 집중하는 것이 가능할까요?"

"글쎄요. 저는 집중력이 나쁜 편은 아니라, 대략 80퍼센트 이상? 경우에 따라 90퍼센트도 가능할 것 같은데요."

"그런 경우도 있을 수 있겠지만, 인간의 집중력은 우리가 생각하는 것보다 턱없이 낮아요. 보통은 최대 45퍼센트 정도의 시간만 집중이 가능하다는 연구 결과가 있죠. 말하자면 아무리 현재의 순간에 집중하려 해도 그중 반 이상의 시간 동안 우리 정신은 다른 곳을 떠돌아다닌다는 거예요. 과거의 기억이나 미래에 대한 상상 말고도 아주 사소한 일들에 정신을 빼앗길 수 있어요. 오늘 여기 온 이후로도 주변에서 들려오는 소리, 몸에서 느껴지는 자극, 눈에 보이는 무엇 때문에, 아니면 그냥 아무 이유 없이 미나 씨의 정신이 계속 여기 있지 않고 다른 곳에 가 있기도 했을 거예요. 그걸 인식했을 수도 있고 아닐 수도 있지만요."

맞는 말이었다. 조금 전까지도 스테파노의 요가 수업을 생각하고 있었으니까.

"그럴 수 있겠네요. 그럼 저도 모르게 여기저기로 돌아다니던 정신이 이 순간, 이 자리에 돌아오는 게 마음챙김으로 얻어지는 효과겠군요."

"아니에요. 그 부분이 중요한데요. 마음챙김은 현재 이 순간, 이 자리에 있는 우리의 의식과 마음을 인식하는 것이지, 자기도 모르게 끼어드는 생각들을 쳐내거나 어디론가 헤매는 정신을 억지로 이 자리에 데려다놓는 걸 의미하지 않아요. 오히려 그 반대라고 보는 게 맞지요. 유랑하고 헤매는 의식의 흐름은 자연스러운 것이라고 받아들이고 그걸 다

품어주는 것이 마음챙김이에요. 정신이 어딘가로 떠돌면 그걸 받아들이고 다정하게 품어주는 것. 잡념처럼 보이는 그 생각들도 현재 미나 씨의 생각들이고, 모든 것은 미나 씨 안에서 이루어지고 있는 것이거든요. 좀 더 직접적으로 설명하자면, 마음챙김은 우리 신경을 건드리고 불편하게 구는 모든 것들에 관심을 갖고 실체를 파악하는 일이라고 볼 수 있어요."

"들을수록 아리송해지네요. 우리 의식의 흐름을 방해하는 것들을 없애버려야 하는 거 아닌가요?"

"미나 씨가 지금 말하는 의식의 흐름은 본인의 의지가 가미된, '어떤 생각을 해야 한다' 혹은 '하고 싶다' 하는 것만을 의미하는 것 같아요. 자연스럽게 이어지는 모든 생각을 포함하는 것이 아닌 거죠. 마음챙김은 마치 어린아이를 대하듯 자기의식, 생각, 정신, 마음 상태를 다루는 걸 말해요. 예를 들어 '어떤 문제가 있어', '어떤 걱정이 있어'라고 했을 때 '걱정하지 마'라고 문을 닫아버리는 게 아니라, 무슨 걱정인지에 관심을 갖는 거죠. 단, 그것이 나쁘다거나 좋다거나 하는 그 어떤 판단도 해선 안 돼요. 문제를 해결하려 하지도 말아야 해요. 그냥 있는 그대로 품고 바라보고 흘러가 길 기다리는 거죠."

"정말 신기하네요. 최대한 자기 자신과 혼연일체가 되어 있 는 그대로의 자신을 받아주라는 것 같은데, 동시에 최대한 객관적이 되라는 것 같기도 해요."

"바로 그거예요. 내가 어떻게 느끼는지를 억지로 바꾸는 것 이 아니라 통찰을 달리함으로써 인식을 바꾸는 거죠. 그렇 게 되면 나의 감정들도 다르게 반응하게 되고요. 미나 씨가 무슨 생각하는지 알아요. 지금은 도무지 감이 안 올 거예요. 들을수록 어렵게 느껴지겠죠. 하지만 결국 이해할 수 있을 거예요.

의식의 흐름과 정신의 방황, 모든 감정적 변화들을 품고 바 라보는 것, 이것을 흔히 명상이라고 하는데, 명상의 목적이 바로 마음챙김인 거죠. 또 그것을 보다 효과적으로 하기 위 해 우리는 호흡을 이용합니다. 호흡은 모든 신경체계에 직 접적으로 메시지를 전달하는 언어와 같거든요. 방법은 간 단해요. 지금처럼 가부좌를 틀어도 좋고, 아니면 다리를 뻗 거나 심지어 누워도 좋으니 가장 편안한 자세를 잡고, 눈은 감아도 되고 떠도 되지만 감으면 더 도움이 되겠죠. 일단 주변에서 들려오는 모든 소리에 정신을 집중하고요, 다음은 온몸에 느껴지는 모든 감각, 예를 들어 가려움이나 통증 등을 느끼고 관찰하고 자연스럽게 지나가길 기다려요. 다음으로 본인의 호흡 자체에 집중하는 거예요. 그러면서 흘러지나가거나 가까이 와서 머무는 생각을 지켜보는 거죠. 깊은숨을 들이마시고 내쉬면서요."

"이런 명상을 해서 마음챙김을 실천하는 것이 우리 삶에 어떤 도움이 될까요? 그리고 아무리 현재의 순간과 모든 감각에 집중한다 해도, 우리가 과거나 미래로부터 완전히 자유로울 수 있을까요?"

"명상은 매일 잠깐의 시간만 투자해서 아무 데서나 할 수 있는 작은 실천이지만 상당히 놀라운 변화를 가져다줄 거예요. 우선 마음이 충만하고 평온한 삶을 사는 데 필요한 태도를 얻도록 도와주죠. 또 어떤 사건이나 외부적인 환경의 변화, 걱정스러운 일 등이 벌어졌을 때 감정적인 반응을 하는 대신 사건을 있는 그대로 받아들여서 잘 처리할 수 있는 힘을 갖게 해줍니다. 지난 시간에 얘기했던 감성지능 기억하지요? 그것과도 무관하지 않고요. 또 완전히 자유로워진다고 할 수는 없어도, 현재에 집중하는 훈련은 과거에 대한 후회나 미래에 대한 걱정에 빠질 위험을 줄이고, 따라서 성공에 집착하거나 관계 속에서 지나친 사랑이나 실망으로 방황하는 일도 줄어들겠지요.

오래 지속할 경우 건강도 좋아지고 깊은 잠을 잘 수 있기 때문에 이것이 또다시 부교감신경의 장점들을 극대화해서 감성지능을 키우고 삶의 질을 높여주게 되는 거죠. 복잡하게 들리겠지만 사실 굉장히 단순한 원리입니다. 모든 것을 있는 그대로 보고 받아들이라는 얘기예요. 지금 당신이 있는 곳에 당신의 정신과 영혼도 본연의 모습으로 함께 있도록 사랑으로 품어주라는 뜻이랍니다. 그럼, 함께 명상을 해볼까요?"

나를 둘러싼 것들과 내 안의 호흡, 감정까지 순차적으로 관심을 집중하고 아무런 판단이나 개입 없이 모든 것을 바라보기. 진정한 효과를 알게 되기까지는 적지 않은 시간이 걸리겠지만, 그 오후 내가 경험한 세상은 분명 신선했다. 내 정신이 계속 이곳저곳으로 떠났다 돌아오기를 반복하는 것을 최대한 편안한 마음으로 바라보려 애쓰면서, 손끝부터 심장까지 나의 모든 감각이 깨어 있음을 느끼면서, 시간의 흐름조차 망각한 채로 나는 그렇게 바닷바람을 맞으며 내 안으로의 여행을 계속했다. 나의 현재를, 지금 이 순간 내 모든 감각과 의식을 이토록 충실하고 세심하게 느껴보는 것은 처음이었다. 그리고 분명 이 경험이 나의 내면세계와 일상에 경이로울 만큼 큰 변화를 가져다줄 것임을 확신할 수 있었다.

마음챙김은 마치 어린아이를 대하듯

자기의식, 생각, 정신, 마음 상태를 다루는 걸 말해요.

———————

어떤 판단도 해선 안 돼요. 문제를 해결하려 하지도 말아야 해요.

그냥 있는 그대로 품고 바라보고 흘러가길 기다리는 거죠.

식물을 키우는

마음으로

긴 모험에 마침표를 찍고 본연의 자리로 돌아가야 하는 때가 되었다. 우연 같은 필연으로 시작한 이 여정에서 나는 무엇을 얻고 무엇을 잃었는가. 조용히 나 혼자만의 시간을 보내고 싶은 여행의 마지막 날. 어김없이 태양이 떠오르고 또 하나의 소중한 하루가 주어졌다. 우선 루드라에게 배운 명상을 실천해보기로 했다.

이제 막 기지개를 켜기 시작한 아침을 온몸으로 느끼며 빌라의 발코니에 앉아 눈을 감는다. 가장 먼저 귀를 열고 세상의 모든 소리를 듣는다. 귀가 따갑게 지저귀는 새들, 바람에 서걱대는 나뭇잎, 연못으로 떨어지는 물줄기, 인부의 사각사각 빗자루질, 누군가의 아침 인사말…… 공기 중에 떠다니는 수많은 소리의 입자들. 이번엔 촉각에 집중해본다. 어느새 송송 솟아난 목덜미의 땀방울, 후끈한 공기, 모기가 물었는지 따끔한 손등, 바람이 불 때마다 느껴지는 청량감, 서서히 잠에서 깨어나는 내 몸의 세포들……. 다음은 촉각에서 호흡으로 옮겨가 정신의 흐름을 지켜보는 시간.

아침 명상은 단순한 숨쉬기가 아니라 세상을 보는 시각을 바꾸고 인생의 일분일초를 아낌없이 살아내도록 돕는 일이다. 끝날 때가 되니 저절로 두 손이 모아졌다. 나마스떼.

가방만 차에 실으면 바로 떠날 수 있는 채비를 해두고 바닷가로 향했다. 사람마다 왠지 마음이 편안해지는 장소가 있는데, 내게는 바다가 그런 곳이다. 끝 모를 미지의 세상을 향해 펼쳐진 망망대해, 푸른 물이 천천히 출렁이는 모습을 보고 있으면 모든 감정이 정돈되고 차분해진다. 인적 드문 해변을 잠시 산책한 후 넉넉한 그늘을 드리운 야자수 아래 길게 다리를 뻗고 앉아 바다를 바라보았다.

몇 달 전, 너무나 급작스럽게 내 삶을 침범해 들어왔던 낯선 감정. 외면하고 살았던 내 안의 불행감을 목격하고 절망에 휘청거렸지만 결국 두 눈으로 상처를 직시하고 나 자신에게 용서를 구할 수 있어 다행이었다. 마음을 위로하기 위해 떠난 100일간의 여행은 믿기 어려운 우연과 반전으로 가득한 날들이었다.

여러 우여곡절이 있었지만 뒤로 갈수록, 내가 나와의 관계에 집중할수록 행복이 차올랐다. 참으로 오랜만에 심장이 쿵쾅거리고 가슴속에서 뜨거운 무언가가 몽글몽글 피어남을 느꼈다. 덕분에 한동안은 그간 있었던 일을 잘근잘근 곱씹어가며 지낼 수 있을 것이고, 이번 여행의 경험들은 적지 않은 세월 동안 '어떻게 살 것인가'라는 물음에 대한 지표가 되어줄 것이다. 이 여정에서 얻은 많은 깨달음 중 매일 한 번씩 꼭 상기하고 싶은 것이 있다. 인생은 내일 일을 알 수 없고, 인간은 아픈 경험을 통해 성장하며, 행복은 지금 현재 내 마음속에 존재한다는 사실.

우주의 모든 것은 내가 존재할 때 의미를 지닌다. 그리고 존재한다는 것은 바로 '지금 이 순간'과 연결되어 있다. 내가 없으면, 내 삶이 끝나면, 지나간 시간 속의 일이 되어버리면 세상은 의미를 상실하기에 현재 살아 있는 순간을 느끼고 즐겨야 한다. 아마도 이것이 이번 모험을 통해 얻은 가장 큰 수확이 아닐까. 지극히 평범한 나의 일상으로 돌아가면서도 이렇게 가슴이 설렐 수 있다니! 다시는 과거에 매인 채 미래를 향해 달아나듯 살던 지난날의 나로 돌아가지 않기를, 행여 같은 어리석음을 되풀이하면 또다시 이곳에 와 이 순간을 떠올릴 수 있기를. 그때 바다는 대답해줄 것이다. 천천히 가도 된다고, 너무 열심히 살지 말라고, 지금 있는 그대로의 내 모습과 앞에 놓인 시간만큼 소중한 건 이 세상에 없다고.

떠나기 전, 루드라의 상담실을 잠시 들렀다. 작별 인사를 전하자 언제나처럼 평온한 그의 얼굴에도 서운한 빛이 살짝 어렸다.

"선생님, 이제 곧 출발해야 하는데 그간 감사했다는 말씀을 드리러 왔어요."

"아, 그렇군요. 섭섭하지만 분명 또 만나게 될 거예요. 무엇보다 미나 씨가 앞으로 아주 잘해낼 거라는 확신이 생겨 안심이 돼요. 우리가 나누었던 대화들을 늘 기억하고 마음을 돌보도록 하세요."

"네, 오늘 아침에도 어제 배운 명상을 해봤는데 참 좋더라고요. 아직은 중간에 '이렇게 하는 게 맞나?' 의문이 드는 순간이 있는데, 그 어떤 판단도 편견도 갖지 말라 하셨으니 일단 지금처럼 열심히 해볼게요."

"좋은 생각이에요. 맞고 틀리고는 없어요. 그냥 지금처럼 매일, 혹은 수시로 자신의 호흡과 정신의 흐름을 관찰해보세요. 장담하건대 빠뜨리지 않고 하면 2, 3주 후부터 큰 변화를 느낄 거예요. 처음 만났을 때와 비교하면 지금의 미나 씨는 이미 많이 달라졌어요. 물론 긍정적인 방향으로요."

"그런 말씀을 들으니 정말 기뻐요. 정말이지 저는 마치 다시 태어난 기분이에요. 먼 훗날 돌아보면 제 인생은 이번 여행과 모험, 상담을 받고 명상을 하며 보낸 시간들 이전과 이후로 나뉘지 않을까 싶어요. 여전히 많은 도전의 순간과 사건들을 마주하겠지만 전과는 다른 방식으로 받아들이고 선택할 것 같은 예감도 들고요. 무엇보다 지금 이 순간과 제 삶을 메우고 있는 모든 것에 가슴 가득 감사한 마음이 들고 저 자신을 많이 사랑하게 된 것 같아요. 선생님 덕분입니다."

"제가 한 게 뭐 있나요, 모두 미나 씨가 스스로 한 일이에요. 마지막으로 당부하고 싶은 것 하나는, 앞으로도 열정을 품고 살아가되 식물을 키우는 마음을 유지했으면 좋겠다는 거예요."

"그게 무슨 말씀이죠?"

"세상일은 그 어떤 것도 우리가 억지로 바꿀 수 있는 것이 없어요. 중요한 건 '어떤 것을 기대할까', '어떤 관점으로 바라볼까', '어떻게 받아들일까' 하는 것들이죠. 내 스승님은 말씀하셨죠. 세상 모든 대상을 식물 키우는 마음으로 바라보고 대해야 한다고요. 부족함 없이 햇살과 물을 주며 사랑해야 하지만 그 식물이 얼마나 클지, 어떤 열매를 맺을지, 언제까지 생명을 유지할지는 우리가 결정할 수 있는 문제가 아니라고요. 지나친 애정은 분노의 씨앗이 된다는 걸 기억하시고 그 어떤 것도 열정이라는 이름으로 소유하거나 정복하거나 마음대로 바꾸려 하지 마세요.

우리가 컨트롤할 수 있는 것은 오직 자기 자신의 내면세계입니다. 마음의 평정을 찾으면 바깥세상에서 어떤 일이 벌어지든, 남들이 나를 어떻게 평가하든, 지구상 어디에 있든 진정한 행복 안에서 살아갈 수 있어요. 그리고 그것은 자기 자신에게조차 무리한 요구를 하지 않고 모든 것을 물 흐르듯 자연스럽게 놓아주고 바라보면서 사랑하는 일에서 시작될 수 있습니다. 행운을 빌어요. 곧 또 만납시다."

몇 달 전, 이 모든 일의 시작이 된 루드라와의 상담을 결심한 것은 신의 한 수와도 같은 결정이었다. 첫 만남부터 마지막 당부까지 그와의 대화는 한 음절도 빠짐없이 가슴에 새겨두고 싶은 말들이었다. 그저 고맙다고 연거푸 고개를 숙이는 일밖에 할 수 없었지만, 그는 내 진심을 충분히 느꼈으리라.

상담실 밖으로 나오자 하늘이 서서히 오묘한 빛깔로 물들어가고 있었다. 떠나야 할 시간이었다. 곧바로 공항까지 갈 픽업 차량에 올랐다. 일상으로의 복귀가 그토록 기대되고 기다려진다는 건 참으로 신기한 일이었다. 나의 현실은 달라진 게 없었지만 나의 세상은 완전히 새롭게 옷을 갈아입었다. 창밖으로는 코사무이의 아름다운 풍경이 흘렀고 내 마음은 나에게 다정한 목소리로 속삭였다.

정말 행복해. 고마워, 미나. 너를 많이 사랑해.

어느 날, 마음이 불행하다고 말했다

초판 1쇄 발행 2020년 9월 15일 **초판 7쇄 발행** 2024년 4월 4일

지은이 손미나
펴낸이 최순영

출판1 본부장 한수미
라이프 팀
책임편집 곽지희

펴낸곳 ㈜위즈덤하우스 **출판등록** 2000년 5월 23일 제13-1071호
주소 서울특별시 마포구 양화로 19 합정오피스빌딩 17층
전화 02) 2179-5600 **홈페이지** www.wisdomhouse.co.kr

ⓒ 손미나, 2020

ISBN 979-11-90908-60-3 03810